民国诗风
中国现代作家
旧体诗丛

李遇春 / 主编

鲁　迅 / 著

李聪聪 / 编著

鲁迅集

山西出版传媒集团
北岳文艺出版社
BEIYUE LITERATURE & ART PUBLISHING HOUSE

图书在版编目(CIP)数据

　　鲁迅集 / 鲁迅著；李聪聪编著. —太原：北岳文
艺出版社，2016.9
　　（民国诗风·中国现代作家旧体诗丛）
　　ISBN 978-7-5378-4827-5

　　Ⅰ.①鲁… Ⅱ.①鲁… ②李… Ⅲ.①鲁迅诗歌—诗
集 Ⅳ.①I210.5

　　中国版本图书馆CIP数据核字(2016)第142381号

书　　　名	鲁迅集
著　　　者	鲁　迅
策　　　划	续小强
主　　编	李遇春
编　　著	李聪聪
责任编辑	左树涛
书籍设计	张永文
责任印制	巩　璠

出版发行	山西出版传媒集团·北岳文艺出版社
地　　址	山西省太原市并州南路57号
邮　　编	030012
电　　话	0351-5628696(发行部)
	0351-5628688(总编办)
传　　真	0351-5628680
网　　址	http://www.bywy.com
E－mail	bywycbs@163.com
经销商	新华书店
印刷装订	山西万佳印业有限公司

开　　本	787×1092　1/32
字　　数	165千字
印　　张	7.625
版　　次	2016年9月第1版
印　　次	2021年1月山西第2次印刷
书　　号	ISBN 978-7-5378-4827-5
定　　价	48.00元

总 序

李遇春

自"五四"新文化运动以来，尤其是1917年胡适和陈独秀首倡"文学革命"以来，伴随着中国"新诗"的草创及其日渐繁荣，传统的旧体诗词猛然被打入了历史的另册。从此，主流文学界谈到诗歌时就专指新诗，各种现代中国文学史也仅止于叙述新诗的历史进程，而对"旧诗"在历史另一侧畔的艰难行进则视而不见。百年来，虽然也有过钱基博著《现代中国文学史》公开为现代"旧诗"张目和辩护，但毕竟属于空谷足音，应者寥寥。直至20世纪90年代以后，随着国内文学史界对"五四"以来盛行的"进化论"文学史观的逐步反思和清算，各种中国现当代文学史才开始有限地接纳旧体诗词进入正统的文学史秩序，但也由此在新世纪之交的中国文坛引发了一连串的关于旧体诗词是否能够入史的争议。其实有争议也属正常，这至少说明了旧体诗词依旧具有生机和活力，它继续在对新诗唯一论或中心论的文学史观构成挑战。可以预期的是，在不久的将来，中国现代作家的旧体诗词创作将会毫无愧色地走进主流的中国现代文学史，与中国新诗相颉颃，共同书写现代中国诗歌的历史图谱。

回眸现代中国旧体诗词的历史进程，无数的诗人词客在新文学和新诗处于文坛中心的话语霸权下依旧坚持着旧体诗词创作，他们不认为只有新诗才是现代中国诗歌的唯一合法形式，相反，旧体诗词在很大程度上更能代表中国诗歌的民族特色。实际上，百年来，中国新诗的发展一直就在现代化与民族化之间游移和求索，越来越多的新诗人主动到中国古典诗词传统中寻找艺术资源，他们不满于中国新诗日渐丧失了本民族的诗学传统和本土特色，他们不愿写那种翻译体的欧化诗，他们想致力于中国新诗对中国古典诗词传统的创造性转化。与此同时，百年中国旧体诗词同样处于民族化与现代化的历史张力之中，一方面是对中国古典诗词传统的艺术捍卫或坚守，另一方面则表现为大胆吸纳西方现代诗歌以及中国新诗的艺术滋养，对传统的旧体诗词创作模式进行更新和改造，使其能够更好地满足现代中国人抒写现代思想和情感的艺术诉求，这同样也是对中国古典诗词传统的创造性转化。由此可见，无论是旧诗界的以中化西，还是新诗界的以西化中，它们都属于现代中国诗人对中国古典诗词传统进行创造性转化的艺术路径，只不过二者在侧重点和立足点上有别，但这种差别并不妨碍二者在深层次上的艺术对话和交流。所以，二者之间不仅不应彼此敌视和排斥，相反应该彼此引为同道，一起为中国现代诗歌寻找民族艺术样式贡献各自的能量。

大体而言，现代中国旧体诗界可分为五大创作群体：晚清遗民诗人群体（陈三立、郑孝胥等）、现代学者诗人群体（陈寅恪、吴宓等）、新文学家诗人群体（鲁迅、郁达夫等）、书画艺人诗人群体（齐白石、赵朴初等）和党政军人诗人群体（于右任、毛泽东等）。而在这五大旧体诗人群体中，新文学家诗人群体和现代学者诗人群体在旧体诗词创作上所取得的整体成就无疑更为突出，因此更能够代表现代中国旧体诗词创作的思想和艺术水准。一般而言，现代学者所作旧体诗词更偏重于"学人之诗"，而新文学家所作旧体诗词更偏重于"诗人之诗"。前者更热衷于使事用典，展现自己作为学人的学术底蕴，因此在诗词语言上尤喜硬语盘空，讲究夺胎换骨、点石成金，主张字字句句皆有所本。由此带来诗风上的清苍幽峭、生涩奥衍之类，颇近于宋诗派的路数。而后者更喜欢直抒胸臆，几乎不掩饰自己的诗人性情，故而在诗词语言上偏好清新自然之辞，而反对以生字偏典示人，不做学术资本的炫技者，由此独抒性灵，信手信腕自成法度，这就颇近于唐人作诗的路数了。当然这种区别也不能过于绝对，因为确有新文学家作旧体诗词并不走自然清新的唐人路径，相反却步宋人后尘的，比如"唐贤读破三千纸，勒马回缰作旧诗"的闻一多即是。闻氏作诗，无论新诗旧诗，都不走寻常路，这与他同时身兼新文学家和古典文学学者的双重身份有关。新文学家和现代学者的旧体诗词创作之间还有一点区别值得注意，这就是现代学者作旧体诗词一般来说更讲究对传统诗词格律的坚守，他们在押韵和平仄上轻易不出格，大都属于现代旧诗创作中的传统派或守旧派，而新文学家作旧体诗词不仅致力于所谓"旧瓶装新酒"，所谓"旧风格含新意境"，而且他们还热衷于对"旧瓶"进行改造或改装，对"旧风格"进行颠覆或重构，从而使传统的"旧诗"有了"新诗"的意味。在这方面，胡适、鲁迅、周作人等新文学家堪作表率，他们都属于现代旧诗创作中的革新派，其诗词创新功绩不能轻易抹杀。

正是出于对中国新文学家旧体诗词创新能力的尊崇，我们策划了这套《民国诗风·中国现代作家旧体诗丛》。我们相信这套书的出版，既能为当前日渐升温的当代旧体诗词创作提供可资借鉴的现代范本，又能为日后重写中国现代文学史和中国现代诗史提供重要的参考文本。中国现代作家热衷于旧体诗词写作并且成绩斐然者不在少数，但由于主客观条件的限制，此次我们仅编著了鲁迅、陈独秀、胡适、郭沫若、郁达夫、茅盾、闻一多、沈从文、萧军等作家的旧体诗词以飨读者。此外，像朱自清、俞平伯、叶圣陶、田汉、老舍、胡风等现代作家的旧体诗词同样各擅胜场，对它们的编著只能假以时日，让我们期待着这套丛书第二辑的出版。

在这套丛书的编写过程中，有一点需要特别加以说明，这就是我们统一采用了编年的体例，每位作家的旧体诗词作品均按照创作或发表的时间先后顺序来编排，读者可以借此领略同一位作家旧体诗词创作的全貌和变迁。我多年来做旧体诗词研究比较偏爱编年体，曾先后主持过国家社科基金项目《民国旧体诗词编年史稿》和《新中国旧体诗词编年史稿》，最近又获得了华中师范大学中央高校基本科研业务费专项资金（人文社科类）重大培育项目《中国现当代旧体诗词编年史》的立项，所以这套丛书的出版也是以个案编年的形式绘制出的一部中国现代作家旧体诗词编年史。至于每首诗词的题解、注释和评点部分，是我们工作的重点，我们尽量搜集与诗词相关的创作史料加以印证和注疏，争取不辜负读者的厚爱。特别说明，每首诗词的题解、注释和评点部分，我们根据诗词的实际情况提供，以免啰唆、重复。

感谢北岳文艺出版社社长兼总编辑续小强先生的信任，几年前我曾在他主编的《名作欣赏》上开过《旧诗新话》专栏，这是我们之间的第二次文墨因缘。我希望自己能够不辱使命，但由于这套丛书的注评工作琐碎而繁重，故而丛书中的讹误和疏漏在所难免，还望诸君海涵并不吝赐正。

2015年9月6日于武昌桂子山

前　言

李聪聪

　　鲁迅（1881—1936），幼名樟寿，字豫才，后改名树人，浙江绍兴人。早年留学日本，民国初曾任职教育部，后任厦门大学、中山大学教授，晚年定居上海。鲁迅一生虽以反传统著称，却从未与传统决裂。除用文言写就的《中国小说史略》外，鲁迅还写了一辈子的旧体诗，虽数量不是很多，然思想艺术价值不菲，且流传广远。鲁迅自己在谈及这一现象时曾说："其实我对于旧诗素未研究，胡说八道而已。我以为一切好诗，到唐已被做完，此后倘非能翻出如来掌心之齐天大圣，大可不必动手，然而言行不能一致，有时也诌几句，自省殊亦可笑。"①但郭沫若不这样看，他认为"鲁迅先生无心做诗人，偶

①鲁迅：《致杨霁云》，《鲁迅全集》第12卷，人民文学出版社，1981，第612页。

有所作，每臻绝唱，或则犀角烛怪，或则肝胆照人"①。鲁迅一生虽致力于小说、杂文的创作，然而骨子里的诗人本色还是引导他攀上了现代旧体诗创作的高峰。这些旧体诗多未公开发表，但正因如此，才更显诗人真性情，更具研究价值。

一　从余事到高峰

鲁迅的旧体诗创作肇始于青年时期，终结于他逝世的前一年，这些贯穿他一生的创作反映了鲁迅不同阶段的心路历程。较之小说、杂文等具有鲜明阶段性印记的创作，旧体诗更能体现鲁迅一生的思想变化。周振甫曾按时间将鲁迅的旧体诗创作道路划分成三个阶段：一、留学日本之前，即1900年到1901年；二、留学日本以后，经过辛亥革命到五四运动，即1903年至1925年；三、从第一次国内革命战争时期到第二次国内革命战争时期，即1926年到1935年。②遵循这一划分标准，这里对鲁迅旧诗的思想流变做一下简要概括。

青年时期的鲁迅由小康而入困顿，饱受世人冷眼。与这一感受相适应，早期鲁迅的旧体诗内容大多吟花草、抒离愁、叹家世。情感也比较复杂，有无奈、怅惘、感伤，也有奋发、激进、昂扬。与此同时，反封建和爱国的思想也初露端倪。1900年庚子二月所做的《别诸弟三首》是鲁迅现存最早的旧体诗，诗中流露出他浓郁的思乡情、兄弟情。鲁迅虽深感"谋生无奈"，但"文章得失不由天"仍彰显出他反叛命运的斗争精神。与此同

①郭沫若：《在鲁迅逝世十周年纪念会上的演说》，《新华日报》1946年10月21日。

②周振甫：《鲁迅诗歌注·后记》，浙江人民出版社，1962，第190页。

时，处在恶劣环境中的鲁迅还渴望"扫除腻粉呈风骨，褪却红衣学淡妆"（《莲蓬人》），言语中彰显出他不堕寒塘、不随流俗的可贵品质。《庚子送灶即事》《祭书神文》进一步坚定了鲁迅与旧风俗、旧传统决裂的立场。之后的《别诸弟三首（辛丑二月）》《惜花四律》整体仍未脱感伤基调，是青年鲁迅复杂心态的外现，也是他早期旧体诗的代表。

1902 年，鲁迅留学日本，在现代民主革命思潮的影响下，开始关注民族解放事业，剪掉辫子公然与清政府对抗，并作《自题小像》。这首诗流露出诗人强烈的爱国和革命情感，是鲁迅毕生战斗的宣言。此后的《宝塔诗》《进兮歌》《战哉歌》也都延续了这一传统。辛亥革命后，鲁迅又创作了悼念亡友的《哀范君三章》。这首诗将范爱农的身世、性格、际遇与社会变动联系了起来，鲁迅站在新的思想高度对辛亥革命的不彻底性进行了批判，指出它没能完成反帝反封建的任务。这以后，鲁迅的旧体诗创作中断了十年，但他思想的发展却从未中断。1924 年，鲁迅作《我的失恋》，他在这首诗中告诫青年要从社会革命中寻找出路，与此同时还深入探讨了社会阶级分化问题。1925 年的《替豆萁伸冤》抨击了北洋军阀政府及其教育代理人，诗中还对"豆"和"萁"更本质化的生存悲剧做了揭示，它是鲁迅实现思想质变前夕，进化的社会发展观在诗中最后一次形象的体现。鲁迅这一时期虽然旧体诗数量不多，但诗人的爱国和反封建思想已日趋成熟，在革命民主主义道路上走得愈加勇毅和坚定。

第一次国内革命战争到第二次国内革命战争，这十年是鲁迅旧诗创作的高峰期。1927 年创作的《哈哈爱兮歌三首》表达了鲁迅反抗暴虐统治的复仇意志。1930 年，鲁迅书赠学医青年冯蕙熹旧诗一首，诗中论及了"杀人者"与"救人者"之间的关系，意在改变青年学医救国的思想，劝他们投身社会革命。这以后，鲁迅在"白色恐怖"下"怒向刀丛觅小诗"（《惯于长夜》），相继写了《湘灵歌》《无题（血沃中原肥劲草）》《偶成》等控诉统治者、表达革命意志的旧体诗。其中，《赠邬其山》《送O.E.君携兰归国》《赠日本歌人》《送增田涉君归国》《一·二八战后作》《题三义塔》等赠日本友人的诗，在抨击日军侵略者、揭露国内黑暗现状的同时，还体现出鲁迅宽容博大的人道主义胸怀。1932年的《自嘲》是鲁迅后期创作中较能代表他私人情感的一首诗。这一时期的鲁迅面临着统治者的围剿追杀和不同阶层文人的口诛笔伐，心态极为复杂，在自嘲与戏谑的伪装下借此诗表露心声。类似的还有《无题二首（故乡黯淡锁玄云）》《答客诮》《亥年残秋偶作》等，这些诗或多或少为我们展现了鲁迅的另一面，有助于加深对鲁迅整体思想的理解。

但这些抒发个人情怀的诗只是小插曲，在民族危亡之际，鲁迅一直坚守左翼文学战线，以旧体诗作为回敬敌人的手枪。《二十二年元旦》《学生和玉佛》《吊大学生》《悼杨铨》《悼丁君》《报载患脑炎戏作》等有着强烈批判性的诗都是在这一时期完成的。这些诗不再一味批判，也不再一味消沉，他开始对革命前景持乐观态度，"愿乞画家新意匠，只研朱墨作春山"（《赠画师》），就是他这一时期心境的绝佳写照。同年，鲁迅又通过《题〈呐喊〉》《题〈彷徨〉》两首诗回顾了自己"弄文罹文网，抗世违世情"的创作历程，结尾的"两间余一卒，荷戟独彷徨"是鲁迅对自己后期思想发展历程的自我解剖。这种思想观还在1933年的《阻郁达夫移家杭州》中得到进一步印证，诗中鲁迅与郁达夫的思想观念产生了分歧，他对郁达夫的退隐心态有所规劝。1934年，鲁迅还写下了"心事浩茫连广宇，于无声处听惊雷"（《无题》）这样的诗句。这说明鲁迅对革命前景有着清醒的认识，他知道政治压榨下的沉默只是表面的，因为这沉默正孕育着惊心动魄的反抗力量，革命风暴终将来临！《秋夜有感》中的"中夜鸡鸣风雨集"，《亥年残秋偶作》中的"起看星斗正阑干"等都是他这一思想的再现。

二　沉雄清峻，嬉笑怒骂

鲁迅旧体诗已基本形成了他自己独特的风格。柳亚子将其概括为"近踪汉魏，托体风骚"[①]。黄秋耘称其"属辞雅丽，可比风骚；定势沉雄，不殊汉魏"[②]。许寿裳在《鲁迅旧体诗集·序》中，从四个方面对其创作特点进行了概括：一是使用口语，极其自然；二是解放诗韵，不受拘束；三是采取异域典故；四是讽刺文坛阙失。[③]周振甫认为，鲁迅旧体诗的风格是发展着的：早期是赞美风骨，提倡朴素，显示才华。出国后题材扩大，尝试使用外国典故，充满着革命激情。从《哀范君三章》之后则显出思想的深沉和风格的沉郁，并形成"沉郁顿挫"的主要诗风。[④]还有研究者试图从不同方面对鲁迅旧诗的艺术特色进行概括，诸如沉郁、俏丽、含蓄、讽刺、凝练等。这些评价或整体，或局部，对

①柳亚子：《鲁迅先生的旧诗》，《大公报》1950年10月19日。
②黄秋耘：《"高吟肺腑走风雷"——关于鲁迅先生几首旧体诗的杂感》，《诗刊》1961年第6期。
③许寿裳：《亡友鲁迅印象记》，广西师范大学出版社，2010，第201—202页。
④周振甫：《鲁迅诗歌注》，江苏教育出版社，2006，第272页。

鲁迅旧诗创作某些方面的艺术特点进行了提炼，但都不够全面。旧体诗创作是鲁迅生活经历、思想观念、艺术积淀等因素综合作用的结果，因而不能对其作简单化的概括。事实上，鲁迅的旧体诗在风格上既有前辈先贤们的痕迹，又有自己鲜明的特点。

鲁迅的旧体诗或取材源自《离骚》，或遣词造句不脱《楚辞》痕迹，或化用楚地传说典故，或在结构布局上借鉴屈赋，他受到屈原的影响是毋庸置疑的。许寿裳在《鲁迅的思想和生活》中说，鲁迅留学日本期间，在新购的拜伦作品、希腊神话、罗马神话等书中，就夹着一本线装的日本印行的《离骚》。①鲁迅本人也对屈原及其作品有着极高的评价，他在《摩罗诗力说》中，称赞《离骚》是中国古代文苑的"奇文"，甚至青年时期还写下"狂诵《离骚》兮为君娱"（《祭书神文》）的诗句。这些都说明鲁迅对屈原及其作品是极为推崇的。具体而言，类似"香草美人"式的比兴手法的运用，是鲁迅对《楚辞》艺术最大的传承。诸如《莲蓬人》以"莲蓬"寄寓高尚情操，《哀范君三章》以"桃偶"讽刺辛亥革命，《送O.E君携兰归国》以"椒焚桂折"喻革命者横遭残害，《湘灵歌》以"高丘寂寞""芳荃零落"代黑暗的政治环境，《报载患脑炎戏作》以"众女"反喻文痞流氓……直至最后一首《亥年残秋偶作》用"秋肃""春温"引类譬喻，这类颇具楚辞色彩的比兴运用，几乎贯穿鲁迅旧体诗创作的始终。其次，化用《楚辞》典故，借用《楚辞》形象。如《无题（洞庭木落楚天高）》就化用了《九歌·湘夫人》《楚辞·渔父》中的诗句和典故，用以谴责国民党统治者。《无题（一枝清采妥

---

① 许寿裳：《亡友鲁迅印象记》，广西师范大学出版社，2010，第7页。

湘灵）》中的"湘灵"典出《楚辞·远游》，"九畹贞风""萧艾密"出自《离骚》，"独醒"源自《楚辞·渔父》，"播芳馨"本于《九歌·山鬼》，鲁迅借这些典故凭吊屈原，并结合现实，渴望革命文艺工作者能够向屈原学习，在恶劣的政治环境下排除万难，坚持斗争。类似的例子不胜枚举。

除整体受屈原影响外，鲁迅部分旧体诗在风格上还有杜甫、李商隐、李贺的影子。一般认为鲁迅"沉郁"的诗风源自杜甫。他的《自题小像》《哀范君三章》《无题（大野多钩棘）》《所闻》等诗，在忧愤深广中见苍凉刚毅，意境雄浑，感情深沉，诗歌悲慨的基调与杜甫相若。鲁迅博采众长，他的旧诗既有《楚辞》气息，又有唐人风韵。他的《莲蓬人》等诗洗尽铅华，意味隽永，还可以看出对魏晋风度的传承，《悼杨铨》等杂诗甚至还受到龚自珍的影响。但鲁迅的过人之处就在于他没有被前人的风格所拘囿，而是推陈出新，自成一格，形成独有的杂文化诗风。这也是鲁迅旧体诗创作标志性的特点。李欧梵曾说："他对体裁区别的僵死规定的蔑视还导致了一种创造性的混合，他的杂文中有诗，诗中有杂文，而且一些共同的主题常在他的诗、杂文、小说中交替出现。"①就具体的话语体式而言，"鲁迅旧体诗中常见的戏仿、反语等修辞策略，具有与杂文话语体式相似的'双声'特征和相似的运作机制"②。比如他的《替豆萁伸冤》《吊卢骚》《吊大学生》《学生和玉佛》等分别"活剥"《七步诗》《吊袁绍》《春望》《黄鹤楼》等古典诗名作，鲁迅对具有庄重

---

①李欧梵：《铁屋中的呐喊》，岳麓书社，1999，第135页。
②李遇春、魏耀武：《论鲁迅旧体诗的杂文化倾向》，《福建论坛》2014年第1期。

性和神圣性的原诗进行戏仿、解构，产生强烈的讽刺效果，借"他者话语"发出自己的声音。就结构方式而言，"鲁迅的许多旧体诗与辩驳论说体杂文具有同构性"[1]，即在外在形式保留了诗体特征，骨子里仍是杂文化的。如《题赠冯蕙熹》在结构上先分后总，《赠邬其山》《阻郁达夫移家杭州》则是先总后分，而且两首诗在行文上都呈现出韵散结合的特点。其他如《题〈呐喊〉》《题〈彷徨〉》《无题（禹域多飞将）》《无题（烟水寻常事）》《报载患脑炎戏作》等也都有杂文的影子。总之，鲁迅嬉笑怒骂皆成文章，甚至可将其旧体诗称作"杂文的诗、诗的杂文"[2]。

三　几点说明

本书按编年体方式排列，因鲁迅旧体诗数量较少，本书悉数录入。其中《我的失恋》仍按旧诗录入，《宝塔诗》《进兮歌》《战哉歌》等轶诗也收录其中。《南京民谣》《好东西歌》《公民科歌》《言词执事歌》虽然有的研究者将其视为旧体，但因实属民歌体诗，故未收录。

书中，每首诗分为正文、题解、注释、评点四个部分。正文以《鲁迅全集》为底本，以其他版本和手稿为参考。题解部分是对该诗的写作时间、背景和诗题本身的说明。注释部分主要是解释诗中难解的词语、典故，并注明出处和用法。评点部分是对该

---

[1] 李遇春、魏耀武：《论鲁迅旧体诗的杂文化倾向》，《福建论坛》2014年第1期。

[2] 郑心伶：《鲁迅诗浅析·附录二》，花山文艺出版社，1982，第318页。

诗的思想内容、艺术风格所作的粗浅点评，以期对读者的阅读有所帮助。

最后要说明的是，华中师范大学王欣悦先生为本书做了大量工作，谨在此表示衷心感谢。限于编者才疏学浅，见闻不广，书中的疏漏、错误之处在所难免，恳请读者批评指正。

第三辑

第一辑

别诸弟（庚子二月）

一

谋生无奈①日奔驰，有弟偏教各别离。
最是令人凄绝处，孤檠②长夜雨来时③。

二

还家未久又离家④，日暮新愁分外加⑤。
夹道⑥万株杨柳树⑦，望中都化断肠花⑧。

三

从来一别又经年⑨，万里长风⑩送客船。
我有一言应记取，文章得失不由天⑪。

〔题解〕

　　"庚子"，传统农历干支纪年中一个循环的第三十七年。"庚子二月"即清光绪二十六年农历二月（1900年阳历3月）。这首诗是鲁迅1900年初从南京江南陆师学堂附设的矿物铁路学堂回家度寒假后返校而作，周作人在同年3月15日的日记中，对该诗的创作时间做了交代："十五日，雨。下午接金陵上月十八日函，并洋四元，诗三首，系托同学带归也。"它是鲁迅最早的作品之一，但没有公开发表过，是据周遐寿日记摘录而出，后编入《鲁迅全集补遗续编》。这里所说的"诸弟"不包括已逝的四弟椿寿，特指二弟作人和三弟建人。创作时署名为"戛剑生未是草"。"戛剑生"本意是弹剑或敲击剑，其中饱含鲁迅特定时代于祖国、家庭、世人、自身愤激的情感。20世纪初的中国风雨飘摇，处在亡国灭种的境地；鲁迅的家庭也不幸遭遇变故，濒临破产；世人对鲁迅"将灵魂卖给鬼子"报考"洋学堂"的举动，更是冷眼相加；江南水师学堂乌烟瘴气的学习环境也让鲁迅对自己"想走异路，逃异地，去寻求别样的人们"（《呐喊·自序》）的选择心生动摇。正是在这样一种社会大环境下，鲁迅写就了这三首诗，反映了鲁迅极为复杂的心境。

〔注释〕

①谋生无奈：周振甫在《鲁迅诗歌注》中，对当时绍兴青年的生活道路做过详细的介绍，说他们"有的读书应科举考试，有的入钱庄去学生意，有的去外地学做幕友等"。与这些人不同，鲁迅于1898年5月初选择了进不收学费的江南水师学堂学习，鲁迅在《呐喊·自序》中就曾坦言："那时读书应试是正路，所谓学洋务，社会上便以为是一种走投无路的人，只得将灵魂卖给鬼子，要更加的奚落而且排斥的。"再后来由于不堪忍受学堂内部的乌烟瘴气，鲁迅于1899年2月又退学重新考入新创办的南京陆师学堂附设的矿物铁路学堂，为自己能够出国留学做进一步谋划。这些举动都说明了鲁迅当时"谋生无奈"的处境。

②檠：旧时的灯架，这里以灯架代灯。孤檠就是孤灯。白居

易《除夜寄弟妹》："万里经年别，孤灯此夜情。"陆游《秋光》："孤灯初暗雨来时。""孤灯"作为传统意象，一般用以营造凄凉的氛围。

③长夜雨来时：苏轼《辛丑十一月十九日既与子由别于郑州西门之外马上赋诗一篇寄之》："寒灯相对记畴昔，夜雨何时听萧瑟。"

④"还家"句：鲁迅从上一年（1899年）的旧历腊月二十六回家，到第二年（1900年）旧历正月二十重返南京，期间仅隔二十四天时间，所以说"还家未久又离家"。

⑤"日暮"句：据鲁迅同年所作《戛剑生杂记》："行人于斜日将堕之时，暝色逼人。四顾满目非故乡之人，细聆满耳皆异乡之语。一念及家乡万里，老亲弱弟必时时相语，谓今当至某处矣，此时真觉柔肠欲断，涕不可抑。故予有句云：日暮客愁集，烟深人语喧。皆身所历，非托诸空言也。"这种思乡情怀与本诗是一而二，二而一的。

⑥夹道：特指鲁迅离家时所途经的杭绍、沪杭运河两岸。

⑦杨柳树：暗表离愁别绪。折柳赠别之俗由来已久，《诗经·小雅·采薇》："昔我往矣，杨柳依依；今我来思，雨雪霏霏。"又汉乐府《折杨柳歌辞》："上马不捉鞭，反折杨柳枝。"

⑧断肠花：即秋海棠，《广群芳谱》卷36"秋海棠"，引《采兰杂志》："昔有妇人怀人不见，恒洒泪于北墙之下。后洒处生草，其花甚媚，色如妇面，其叶正绿反红，秋开，名曰断肠花，即今秋海棠也。"周振甫认为，两句合在一起是"用断肠花比喻杨柳使人生出无限离愁"。张向

天在《鲁迅旧诗笺注》中则认为，这两句是在化用刘希夷《公子行》："可怜杨柳伤心树，可怜桃李断肠花。"

⑨"从来"句：王永培、吴岫光在《鲁迅旧诗汇释》中，对这句诗作出三种不同的解释："一是指从上次回家到这次回家又过了一年；二是指只能一年回家一次，每次都要与诸弟分别一年；三是指这次分别后要再等一年才能见面。"可供参考。

⑩万里长风：出自《宋书·宗悫传》。宗悫年幼时，叔叔宗炳问他有何志向，他回答说："愿乘风破万里浪。"李白《宣州谢朓楼饯别校书叔云》中就有诗句云"长风万里送秋雁，对此可以酣高楼"。张自强在《鲁迅先生诗疏证》中认为此句"既喻前程远大，也是对二位兄弟的勉励"。而张向天的解释是"泛称长途的跋涉和路途的遥远"。两说都有一定道理。

⑪文章得失不由天："文章"，狭义上指学问，广义上则指称事业。这句话是否是对杜甫"文章憎命达"和陆游"文章本天成"的批判尚存争议。但鲁迅在《未有天才之前》中曾言："其实即使天才，在生下来的时候的第一声啼哭，也和平常的儿童的一样，决不会就是一首好诗。"鲁迅在这里应是认为文章的成败得失取决于个人努力。

〔评点〕

鲁迅亦是有血有肉之人，他不只是我们所熟知的革命化身——"匕首和投枪"，人之悲欢离合、爱恨情仇，亦念兹在兹。这组赠别诸弟的诗整体而言没有金刚怒目式的激愤，以含蓄取胜，具魏晋古风，最见迅翁真性情。

三首诗在思想内容上是统一的，共同表达了鲁迅别离诸弟时抑郁愁苦的心情。诗中述兄弟离情极为真挚，不仅写出了离情别绪和旅途怅惘，还流露出了诗人对祖国前途命运的关怀，表达了要打破现状改革现实的愿望。倪墨炎在《鲁迅旧诗浅说》中甚至认为，这三首诗是鲁迅"光辉的战斗历程的起点"，他"没有完全沉溺于孤独凄凉的伤感情调中"，可以看出"青年诗人积极进取的思想火花"。

按照张紫晨《鲁迅诗解》的说法，三首诗又各有侧重：第一首是忆别。"谋生无奈"是因，"各别离"是果，鲁迅以长夜孤灯营造出凄凉的意境，最后由虚入实，借苏轼"寒灯相对记畴昔，夜雨何时听萧瑟"抒昔日手足之情。第二首是惜别。所谓"观山则情满于山"，离人眼中的一切都是有情感的灵物。鲁迅回家不久就要离家，因而"杨柳树"和"断肠花"也都成了他惜别时情感的寄托。第三首则是赠别。此去一别，兄弟三人将一年不能见面，其中"万里长风"借宗悫典故喻前程远大，"文章得失不由天"不单是鲁迅对兄弟的期望，也是对自己的勉励。三首诗没有完全沉溺于孤独凄凉的伤感情调，而是贯穿了一条由悲凉怅惘转为乐观向上的情感线索，以此表现青年鲁迅面对冷酷现实不懈进取的心境。

诗人以形象性思维入诗，思路紧凑，神采突现，给人以韵味浓郁之感。整组诗坚持运用比兴手法，措辞清丽，语出自然，可谓诗意盎然。仅就表现手法说，它在借用景物表情以及化活已有诗句等方面，也都十分得体。

莲蓬人

芰裳荇带①处仙乡②，风定犹闻碧玉③香。

鹭影④不来秋瑟瑟⑤，苇花伴宿露瀼瀼⑥。

扫除腻粉呈风骨⑦，褪却红衣学淡妆。

好向濂溪⑧称净植⑨，莫随残叶堕寒塘。

〔题解〕

《莲蓬人》一诗作于清光绪二十六年（1900）年底寒假，距《别诸弟》（庚子二月）的创作时间相隔已半年。和《别诸弟》（庚子二月）一样，这首诗同样未公开发表，是据周遐寿日记所附《柑酒听鹂笔记》辑录而出。又据张自强《鲁迅先生诗疏证》："1936年11月周作人《关于鲁迅》列出诗题，1951年唐弢依据周作人辛丑日记所录辑入《鲁迅全集补遗续编·附录二》。"创作该诗时，鲁迅正在新考入的矿路学堂学习，但"谋生无奈"的处境非但未得到改观，反而变本加厉。周遭恶劣污浊的社会环境与鲁迅渴求洁身自好的内心产生了强烈冲突，于是作《莲蓬人》以求与诸弟共勉。"莲蓬"为荷花凋零后所结果实。关于"莲蓬人"，陈其年在《迦陵词·六月》自注中做过相关阐释："小儿剥莲蓬，以线缚之，反裘振袂，俨然老翁，名莲蓬人。""莲蓬人"作为诗题古已有之，明末清初吴伟业就有同名诗作："独立平生重此翁，反裘双袖倚东风。残身颠倒凭谁戏？乱服粗疏耻便工。共结苦心诸子散，早拈香粉美人空。莫嫌到老丝难断，总在污泥不染中。"鲁迅未步先贤后尘，而是在此诗中将莲蓬比作亭亭玉立、风姿绰约的美人，可谓别出机杼，这也是鲁迅在学生时期为数不多的咏物抒情诗作。

〔注释〕

①芰裳荇带："芰"，通常所说的"菱"，叶子浮在水面的水生植物。屈原《离骚》："制芰荷以为衣兮，集芙蓉以为裳。"王勃《采莲赋》："餐宿食兮吸绛芳，荷为衣兮芰为裳。"芰裳是说莲蓬以菱叶为衣。"荇"，别名水荷叶，根生水底，叶子呈紫赤色，椭圆形，茎长寸余。《诗经·国风·关雎》："参差荇菜，左右采之。窈窕淑女，琴瑟友之。"荇带，用荇菜茎作的衣带。杜甫《曲江对雨》："水荇牵风翠带长。"芰裳荇带都是在用拟人的手法状莲蓬的形态。

②仙乡：景物幽深之地，特指莲蓬的生长环境。〔南唐〕李中《思简寂观旧游寄重道者》："闲忆当年游物外，羽人曾许驻仙乡。"

③碧玉：对莲蓬像玉一样光润色泽的描摹。张文潜《咏莲花诗》："平池碧玉秋波莹，绿云摇扇青瑶柄。"张向天认为，此句与陆游"风定荷池自在香"（《乔南纳凉》）及"人静鱼自跃，风定荷更香"（《双清堂夜赋》）出自同一机杼。周振甫认为，此句即使较孟浩然"荷风送香气"（《夏日南亭怀辛大》）也更进一层。

④鹭影：以鹭影代鹭鸶。鹭鸶是一种以捕鱼为生、羽毛纯白

的水鸟。汤显祖《鹭洲钓月诗》："犹怜白鹭萧萧影，秋老寒塘独照渠。"

⑤秋瑟瑟：形容深秋。白居易《琵琶行》："枫叶荻花秋瑟瑟。"

⑥露瀼瀼：形容露水浓重。《诗经·郑风·野有蔓草》："野有蔓草，零露瀼瀼。"又《诗经·小雅·蓼萧》："蓼彼萧斯，零露瀼瀼。"

⑦风骨：高尚的气节、品质。《晋书·赫连勃勃载记论》："然其器识高爽，风骨魁奇，姚兴睹之而醉心，宋祖闻之而动色。"

⑧濂溪：北宋理学家周敦颐，因他世居道州都庞岭濂溪之上，而被人称作"濂溪先生"。

⑨净植：用来称颂莲花高洁品质的词语，通常认为"净植"是"洁净地挺立"，也有人认为通"静植"，意为"沉默不语直立着"。周敦颐《爱莲说》："出淤泥而不染，濯清涟而不妖，中通外直，不蔓不枝，香远益清，亭亭净植，可远观而不可亵玩焉。"一般认为，鲁迅这句诗意在说明莲蓬比莲花更可贵，把周敦颐对莲花的赞颂转移到了莲蓬身上。

〔评点〕

这首别开生面的《莲蓬人》对"香远益清"的荷花视而不见，反倒对前人少有注意的莲蓬称颂不已，在淡雅绝尘中自蕴不可一世之概，与陶渊明清标高致的诗境异曲同工，早年鲁迅的骚人幽韵与名士风流恍然目前。

鲁迅在这首诗中并未将莲蓬和莲花截然分开，而是将莲蓬视作莲花的另外一种形态，按照张恩和《鲁迅旧诗集解》的说法："莲蓬只不过是莲花'扫除'了'脂粉'，呈现了'风骨'，'褪却'了'红衣'，披上了'淡妆'。"在鲁迅看来，出淤泥而不染的莲花，始终不若碧绿莹润的莲蓬，因为莲蓬即使至于枯槁，仍能卓然挺立，是真正称得上"净"和"植"的。正因如此，当大多数人停留在写莲荷的美丽洁净时，鲁迅转而写莲蓬的品格。这不单是一种创造性思维，还表明了诗人纯洁的追求和崇高的境界。周振甫就认为，这首诗是鲁迅独特精神品质的外现，即"高洁，有风骨，朴素，在秋风萧瑟中能够站得住"。鲁迅通过它充分展示了自己扫除媚态、不堕寒塘的可贵品质。但这首诗的意义还不局限于此。它是诗人步入社会的第二首旧体诗，因而可以把它看作是鲁迅"做人的发端"（郑心伶《从鲁迅诗看他的思想发展》），是青年鲁迅新的人生旨趣和态度的总结，也是鲁迅整个思想流变史上的重要转折点。自此以后，鲁迅要同旧思想和传统势力彻底决裂的态度日趋鲜明。

《莲蓬人》在艺术上的特点也不容忽视，它是鲁迅诗"比兴合一"的典型代表。通篇采用拟人，使所要表现的对象更加具体可感。而且在写莲蓬的过程中，诗人不仅着意突出其内在品格，还借外部环境加以烘托，使诗意更加浓郁。此外，诗人还借用屈原以"香草美人"比拟贤臣的艺术手法，"咏物而不滞于物"，颇具楚辞气象。张紫晨《鲁迅诗解》的评价较为全面："诗句清俊秀丽，意境恬淡高洁，画面清晰可见，给人印象是深刻的。"又"经过层层描写，反复表现，'莲蓬人'的形象越来越鲜明突出，越来越完美……这种步步深化的笔法，真可谓笔酣墨饱，淋漓尽致"。

庚子送灶即事

只鸡胶牙糖^①，典衣^②供瓣香^③。
家中无长物^④，岂独少黄羊^⑤。

〔题解〕

《庚子送灶即事》一诗的具体创作时间为旧历庚子年十二月二十三日，即 1901 年 2 月 11 日。后收入《鲁迅全集补遗续编·附录二》。周遐寿《旧日记里的鲁迅》载："廿三日：晴冷，夜送灶，大哥作一绝送之，予和一首。"后又在《鲁迅的故家·祭灶》中作了补充："那时鲁迅已往南京的学堂，放年假回家来，在祭灶的那一天，做了一首旧诗，署名戛剑生，题目是《庚子送灶即事》。"关于灶神，段成式《酉阳杂俎》卷十四："灶神名隗，状如美女。又姓张名单字子郭……常以月晦日上天，白人罪状。"祭灶是中国的先民们为了规避灾祸，祈求福愿而举行的讨好灶君的简单仪式，具体时间是在旧历十二月二十三日。祭灶日无论穷富各家都要按时送灶，而且要供应一定的祭品。一般认为本诗是鲁迅放假归家遇此风俗时的应景之作，但也反映了一定的社会内容。

〔注释〕

　　①胶牙糖：又谓胶牙饧、麦芽糖。鲁迅《华盖集续编·送灶日漫笔》："灶君升天的那日，街上还卖着一种糖，有柑

子那么大小，在我们那里也有这东西，然而扁的，像一个厚厚的小烙饼。那就是所谓'胶牙饧'了。本意是在请灶君吃了，粘住他的牙，使他不能调嘴学舌，对玉帝说坏话。"周退寿《鲁迅的故家》也有对绍兴祭灶习俗的记载："除酒肴外，特用一鸡。而且还有竹叶包的糖饼，雅言胶牙糖。"

②典衣：旧社会用衣物去当铺置换钱财的行为。

③瓣香：禅家用语，指香烛。《祖庭事苑》："古今尊宿，拈香多云一瓣。"又陈师道《观兖文忠公家六一堂图书》："向来一瓣香，敬为曾南丰。"

④长物：多余之物，"长"音作"仗"。《行事钞》（卷下）："百一物各得蓄一，百一之外皆是长物。"《世说新语·德行》："王恭从会稽还，王大看之，见其坐六尺簟，因语恭：'卿东来，故应有此物，可以一领及我。'恭无言。大去后，即举所坐者送之；既无余席，便坐荐上。后大闻之，甚惊曰：'我本谓卿多，故求耳。'对曰：'丈人不悉恭，恭作人无长物。'"

⑤黄羊：一说黄色肚子的羊；一说黄狗（《古今注》："狗，一名黄羊。"）《后汉书·阴识传》："宣帝时阴子方者，至孝有仁恩。腊日晨炊而灶神形见，子方再拜受庆；家有黄羊，因以祀之。自是以后，暴至巨富……故后常以腊日祀灶而荐黄羊焉。"

〔评点〕

《庚子送灶即事》用简单的直叙表现了复杂的主题，客观而无动于衷的轻松笔调下饱藏作者沉重的情感。四句诗表面温词丽句，看似在写庚子送灶时家中贫寒的处境，但其实是诗人在对灶神和祭灶大发牢骚。而且这种牢骚和不满，不单是针对灶神和祭灶，更多的是针对整个旧社会而发的，它让人觉察到青年鲁迅否定封建神权的态度。张紫晨说："我们读着这样的诗，那种举一切旧势力、旧思想、旧文化、旧风俗习惯'悉与涤荡'的气概固然迎面而来，同时一种不甘守旧的性格也跃然纸上。"

起句以两种食物并列，落笔不凡。"只鸡""胶牙糖"不仅烘托了节日气氛，还让人感受到"青年鲁迅机智的揶揄和活泼的生气"（张恩和《鲁迅诗词解析》）。第二句"典衣供瓣香"是说家人为祭灶神不得已选择典卖衣物，写出了家境寥落的辛酸。第三句"家中无长物"用王恭典故，字面意思是家中没有多余之物可以变卖了。此句是鲁迅对封建统治者的无情鞭挞，因为这种情形在当时是具有普遍性的，是千万穷苦百姓家庭的真实写照。末句继续用典，并以反诘语出之，意思是说：别的祭品都没能供应，岂但少了一只"黄羊"呢？这句在朴实与诙谐中表露出诗人困顿时日的心酸及对旧礼节、旧风俗的讽刺。

在表现手法上，该诗也颇见功底。诗题为《庚子送灶即事》，而内容却全然不见"送灶"字眼。鲁迅将祭灶时所必需的"胶牙糖"和"供瓣香"这些简单的物事罗列出来，以小见大，以实写虚，巧妙地将"送灶"的节日氛围营造了出来。在整体风格上，该诗亦暗藏唏嘘：乍看是清爽的甘霖，细细品味却如浓郁的烈酒，这种表面平静与内在愤懑的风格上的巨大反差，让全诗张力十足，意在言外。

祭书神文

上章困敦①之岁，贾子②祭诗之夕，会稽戛剑生③等谨以寒泉冷华④，祀书神长恩⑤，而缀之以俚词曰：

今之夕兮除夕，香焰絪缊⑥兮烛焰赤⑦。

钱神⑧醉兮钱奴忙，君独何为兮守残籍？

华筵开兮腊酒香，更点点⑨兮夜长。

人喧呼兮入醉乡⑩，谁荐君兮一觞。

绝交阿堵⑪兮尚剩残书，把酒大呼兮君临我居。

缃旗⑫兮芸舆⑬，挈脉望⑭兮驾蠹鱼⑮。

寒泉兮菊菹，狂诵《离骚》兮为君娱。

君之来兮毋徐徐，君友漆妃⑯兮管城侯⑰。

向笔海⑱而啸傲兮，倚文冢⑲以淹留。

不妨导脉望而登仙兮，引蠹鱼之来游。

俗丁伧父⑳兮为君仇，勿使履阃㉑兮增君羞。

若弗听兮止以吴钩㉒，示之《丘》《索》㉓兮棘其喉。

令管城脱颖㉔以出兮，使彼惙惙以心忧。

宁召书癖㉕兮来诗囚㉖，君为我守兮乐未休。

他年芹茂㉗而樨香㉘兮，购异籍以相酬。

〔**题解**〕

本诗具体创作时间为1901年2月18日，鲁迅生前未发表此诗。1936年11月，周作人《关于鲁迅》发表诗题，后收入《鲁迅全集补遗续编·附录二》。50年代初，周遐寿在《鲁迅的故家·祭书神》一文中，阐明过该诗的创作缘由："夜拜像，又向诸尊长辞岁，及毕疲甚。饭后祭书神长恩，豫才兄作文祝之。"除了应景之外，鲁迅对富豪、权贵的痛恨及对二弟的期许当是该诗创作的深层动机。当时鲁迅的家庭已经由小康坠入困顿，过着穷困潦倒的生活，而富人家庭仍然大拜财神，欢淫无度，这让鲁迅感慨颇深。而且在姜渭河的引导下，二弟周作人思想日趋颓废，不喜读书，这对该诗的创作应该也产生了一定影响。值得注意的是，《祭书神文》虽然外在诗题为"文"，但却是一首名副其实的"骚体诗"，通篇有着明显的楚辞痕迹。这与鲁迅对屈原诗作的钟爱是分不开的。后该诗又被辑入《集外集拾遗补编》。

〔**注释**〕

①上章困敦：干支纪年中的庚子年，即1900年2月—1901年2月。《尔雅·释天》："在庚曰上章"，"在子曰困敦"。

②贾子：贾岛。〔元〕辛文房《唐才子传》卷五谓贾岛："每至除夕，必取一岁所作置几上，焚香再拜，醑酒祝曰：'此吾终年苦心也。'"这里是为了说明作诗的时间。

③戛剑生：鲁迅早年作文时自取的别号。周建人《鲁迅——中国革命文化的先驱》："他（鲁迅）刻下了两个图章，一个叫'文章误我'，一个叫'戛剑生'，意思是说，以前

读古书，做古文，耽误了我的青春，现在我要'戛'的一声拔出剑来参加战斗了。"

④寒泉冷华："寒泉"代酒水；"冷华"即诗文中的菊菹，一种用菊花制作的菜。屈原《离骚》："朝饮木兰之坠露兮，夕餐秋菊之落英。"

⑤长恩：明无名氏《致虚阁杂俎》："司书鬼曰长恩，除夕呼其名而祭之，鼠不敢啮，蠹鱼不生。"

⑥细缊：云气弥漫的样子。《易·系辞下》："天地细缊，万物化醇；男女构精，万物化生。"孔颖达疏："细缊，相附着之义，言天地无心，自然得一，唯二气细，共相和会，万物感之，变化而精醇也。"

⑦烛焰赤：代指鲁迅故乡祭祀时的排场。据裘士雄等所著《鲁迅笔下的绍兴风情·祝福》："'福、禄、寿、富、贵'五事烛台各重几百斤，直放地上。"

⑧钱神：相传为得道终南山的财神赵公明。《晋书·鲁褒传》："褒伤时之贪鄙，乃隐姓名而著钱神论以刺之。"

⑨更点点：古代计时方式，把一夜分为五更，一更又分为五点。

⑩醉乡：《唐书·艺文志》有皇甫嵩《醉乡日月》三卷，又《王绩传》记绩著《醉乡记》。

⑪阿堵：原为六朝俗语"这个"，这里指钱。《晋书·王衍传》："衍口未尝言钱，妇令婢以钱绕床下，衍晨起，不得出，呼婢曰：'举却阿堵物'。"后人即用"阿堵"代钱。

⑫缃旗：浅黄色的旗。［梁］萧统《文选·序》："词人才子，则名溢于缥囊；飞文染翰，则卷盈乎缃帙。"

⑬芸舆：用芸草装饰的迎神的车子。古人用缃做书套，用芸

辟蠹虫。二者均与书有关。

⑭脉望：据［唐］段成式《酉阳杂俎续集二·支诺皋》："据《仙经》曰：'蠹鱼三食神仙字，则化为此物，名曰脉望。'"是道家梦寐以求的一种仙物。

⑮蠹鱼：原文中"蠹"是上"本"下"虫"，下同，据《尔雅义疏·释虫》："白鱼长仅半寸，颇有鱼形而歧尾，身如傅粉，华色可观，亦为壁鱼，一名蠹鱼。"蠹鱼是一种与书有关的银白色蛀书虫，故有书神用蠹鱼驾车之说。

⑯漆妃：墨的别称。陶宗仪《辍耕录·墨》："至魏晋时始有墨丸，乃漆、烟、松煤夹和为之。"又元好问《赋杨生玉泉墨诗》："冷剂休夸漆占成。"因为古时研墨时作盘旋状，就像妃子在跳舞，故曰漆妃。

⑰管城侯：即毛笔。韩愈《毛颖传》："秦始皇使（蒙）恬赐之汤沐而封诸管城，号曰管城子。"［北宋］苏易简《文房四谱》已开始称笔为"管城侯"。

⑱笔海：一说砚，一说笔筒。曹雪芹《红楼梦》第44回："各色笔筒笔海内插的笔如树林一般。"

⑲文冢：泛指放置文稿和纸张的地方。唐朝进士刘蜕《文泉子集》卷三载《梓州兜率寺文冢铭》："文冢者，长沙刘蜕复愚为文，不忍弃其草，聚而封之也。"

⑳俗丁伧父：指粗野的人，此处特指周作人的学生姜渭河。据周作人《知堂回想录·义和拳》："我从他（姜渭河）的种种言行之中，着实学得了些流氓的手法。"鲁迅对姜渭河影响二弟品行、荒废其学业的行为颇为不满。

㉑履阈：踏门槛。这里诗人是在表达不愿与"俗丁伧父"同

流合污。

㉒吴钩：弯刀。《吴越春秋·阖闾内传》："阖闾既宝莫耶，复命于国中作金钩，令曰：'能为善钩者，赏之百金。'吴作钩者甚众。"后来"吴钩"便成为刀剑的另一种称谓。

㉓《丘》《索》：即《九丘》和《八索》。此处指艰涩的古书。《左传·昭公十二年》："是能读《三坟》《五典》《八索》《九丘》。"又汉代孔安国《尚书·序》："八卦之说，谓之《八索》，求其义也。九州之志，谓之《九丘》。"

㉔脱颖：语出《史记·平原君虞卿列传》："使遂早得处囊中，乃颖脱而出，非特其末见而已。"用来形容人的本领全部显露出来。这里是指把毛笔拔出让俗子写字来难为他。

㉕书癖：嗜书之人，又称书痴、书淫。如《晋书·皇甫谧传》："（谧）耽玩典籍，忘寝与食，时人谓之书淫。"

㉖诗囚：专心作诗的苦吟诗人，以唐代的贾岛和孟郊最为著名。贾岛《题诗后》自谓作诗："两句三年得，一吟双泪流。"元好问《论诗绝句》："东野（孟郊）穷愁死不休，高天厚地一诗囚。"

㉗芹茂：古代童生进学称入泮采芹，芹藻一般喻学问事业。又江淹《奏记南徐州新安王》："淹幼乏乡曲之誉，长匮芹藻之德。"故芹藻也常用来形容德行。这里则有才德并茂的双重含义。

㉘樨香：樨是桂花的别称，樨香即桂花香。《唐音癸签》："《避暑录》云：'世以登科为折桂'……"古代科举考试在八月举行，正值桂花开放之际，中榜者遂称"折桂"。

〔**评点**〕

《祭书神文》抓住人们只拜"钱神"不拜"书神"的现象，用浪漫主义手法揭现实之颓风，一解知识分子心中郁结。全诗笔酣墨饱、沉郁顿挫、畅快淋漓，不仅其针砭时弊、抨击现实的气概与屈子神似，就连遣词造句都不脱楚辞痕迹。张自强结合创作背景，分析认为《祭书神文》包蕴着诗人"同情书神而殷勤邀请献祭""讥讽椒生公的道士教""鄙弃并驱逐小流氓姜渭河""与两弟共勉求学问"等四层含义，可供参考。

开头四句对"钱神"与"书神"的遭际进行对比，写出了世态的炎凉。但青年鲁迅心高骨硬，如张恩和在《鲁迅诗词解析》中所言："他守住清贫，愤世嫉俗，拒绝同流合污，宁愿以'寒泉冷华'祭祀'书神'，而不肯向'钱神''钱奴'送一丝秋波。"紧接着，诗人对"书神"进行了描写，他坐着插有"缃旗"的"芸舆"出场，带领着"脉望"，让"蠹鱼"驾车，还令"漆妃""管城侯"做伴，可谓排场十足。诗人以"寒泉冷华"招待他，并朗读《离骚》供其欢娱。然后一起在"笔海"中歌唱，在"文冢"里赏玩，在仙台上飘忽往来。那些因拜"钱神"沾染了铜臭气的"俗丁伧父"如果踏进"书神"的门槛只会给"书神"带来耻辱，因而需要用各种方式将其拒之门外，让他们知难而退。"止以吴钩""示之《丘》《索》""令管城脱颖已出"等都是诗人想象出来的具体措施。最后诗人阐明将与"书神"终身做伴的心志，以凤愿结篇，令人快慰。即使在一个世纪后的今天，诗中所述现象仍未得到改观。"读书无用论"甚嚣尘上，只祭财神不祭书神的现象已然成为社会的常态。这首诗的现实意义不言而喻。

在艺术上，作者不但善于营造典型环境和人物，而且对场景的布局和安排颇具匠心。全诗大量采用对比和人格化的手法，在新奇的想象中融入作者独特的思想感情，写得情景交融、绘声绘色。周振甫认为，鲁迅的这些表现手法很大程度上来源于楚辞，如"缃旗兮芸舆，挈脉望兮驾蠹鱼"这一表达就脱胎于"《离骚》中用香草做衣裳佩带，插着芸旗，使蛟龙驾车，在天上周游的描写"，让读者很容易联想到屈原的《九歌》《九章》等一系列优美的浪漫主义诗篇。鲁迅曾在《论屈原及其〈离骚〉等作品》一文中说："（《离骚》）较之于《诗》，则其言甚长，其思甚幻，其文甚丽，其旨甚明，凭心而言，不遵矩度。"《祭书神文》的创作就恰好体现了他这一诗学观。

和仲弟送别元韵并跋

梦魂常向故乡驰，始信人间苦别离。
夜半倚床忆诸弟，残灯如豆月明时。

日暮舟停老圃①家，棘篱绕屋树交加。
怅然回忆家乡乐，抱瓮②何时更养花？

春风容易送韶年，一棹烟波夜驶船。
何事脊令③偏傲我，时随帆顶过长天。

　　仲弟④次予去春留别元韵三章，即以送别，并索和。予每把笔，辄黯然而止。越十余日，客窗偶暇，潦草成句，即邮寄之。嗟乎！登楼陨涕⑤，英雄未必忘家⑥；执手销魂⑦，兄弟竟居异地！深秋明月，照游子而更明；寒夜怨笳⑧，遇羁人而增怨。此情此景，盖未有不悄然以悲者矣！

〔**题解**〕

　　这组诗是辛丑二月十四日（1901年4月2日）所作，未公开发表，后收入《鲁迅全集补遗续编·附录二》。1901年3月15日，鲁迅假满返回学校，周作人用《别诸弟三首（庚子二月）》

原韵作诗三章向他赠别。据周作人《旧日记里的鲁迅》："廿五日：晴。上午大哥收拾行李，傍晚同椒生叔祖、子衡叔启行往宁。夜，用戛剑生《别诸弟》原韵，作七绝三首以送之。"作成后署名《送戛剑生往白（下）》寄送至鲁迅。诗作内容如下：

> 一片征帆逐雁驰，江干烟树已离离。
> 苍茫独立增惆怅，却忆联床话雨时。

> 小桥杨柳野人家，酒入愁肠恨转加。
> 芍药不知离别苦，当阶犹自发春花。

> 家食于今又一年，美人破浪泛楼船。
> 自惭鱼鹿终无就，欲拟灵均问昊天。

前两首表达的是离别之苦，思念之情。后一首表明周作人当初很羡慕鲁迅走新学的道路，叹息自己在家混日子，吃闲饭，表达了自己也想要追求事业的志向。这组诗再次引起了鲁迅对家乡、兄弟的思念，于是他又一次步原韵作诗三首酬答二弟。周作人辛丑二月廿四日记云："雨。上午接大哥十四日函，并诗三首。"本诗跋语对相关情况亦有详细交代。

〔注释〕

①老圃：一说是年老的菜农；一说是指种蔬菜的有经验的人。此处泛指农人。

②瓮：汲水的器具。《庄子·天地》："子贡……过汉阴，见

一丈人方将为圃畦，凿隧而入井，抱瓮而出灌。"

③脊令：水鸟的一种，头背呈黑色，腹部白色，三五成群，边飞边叫，音似"脊令"。《诗经·小雅·小宛》："题彼脊令，载飞载鸣。"《诗经·小雅·棠棣》："脊令在原，兄弟急难。"后常以脊令喻兄弟友爱，互相帮助。

④仲弟：即二弟周作人。古代以伯、仲、叔、季代兄弟次序。

⑤登楼陨涕：登高望远，思乡落泪。王粲《登楼赋》："悲旧乡之壅隔兮，涕横坠而弗禁。"

⑥英雄未必忘家：汉朝大将霍去病曾言："匈奴未灭，何以家为？"意为大丈夫当以国事为重。鲁迅在这里反用这一典故，强调家的重要性。

⑦销魂：离别时的悲伤。江淹《别赋》："黯然销魂者，唯别而已矣……是以行子肠断，百感凄恻。"

⑧怨笳：一种发声悲凉的乐器。如岑参《胡笳送颜真卿使赴河陇》："君不闻胡笳声最悲……向月胡笳谁喜闻！"

〔评点〕

对这组诗的理解应该与前作和周作人的赠诗结合起来。较之前作，这组诗包含了鲁迅更为浓郁的情感，可谓情真意切、凄婉动人。与周作人赠诗相比，这组诗在表现内容或文采上都技高一筹。吴奔星在《鲁迅旧诗新探》中认为，与第一组"以'文章得失不由天'劝勉'诸弟'，意思是要改变'谋生无奈日奔驰'的处境"这一侧重相比，这三首诗深受周作人赠诗的影响，"基本上都是抒发怀念团聚，慨叹别离的感情"。

具体而言，三首诗均以回忆为线索，却又和而不同。按照张紫晨的说法，第一首是写"身居异乡，梦魂常归"，描述的是"夜半无眠思诸弟，守灯望月意更驰"的心境。诗人求学南京，深感离别之苦，不觉悄然以悲。第二首写"别棹途中，心还在家"，它传达的是诗人赴校途中的感受。舟船傍晚停泊在了老圃家前，周围是"棘篱绕屋树交加"的景象。诗人触景生情，忆及往昔与诸弟在园中嬉戏的场景，不禁悲从中来。第三首写"长帆夜驶，见鸟思弟"，表现的是诗人夜间继续启程时的情感。《诗经》中有"脊令在原，兄弟急难"的说法，意思是说兄弟间应友爱互助，患难与共。舟船行驶过程中恰逢鹡鸰鸟在帆顶盘旋，这引起了鲁迅对手足分离的痛惜，感到鹡鸰鸟好像是在向自己挑衅，徒增悲伤。

郑心伶在《鲁迅诗浅析》中认为，这组诗在整体结构上耐人寻味："全诗三首各有分工，头首总写忆念，次首慨写旅途情景，第三首借物抒怀。并且，每首结题都用不同符号：一'。'，二'？'，三'！'，成为感情变化的三个阶段，实为工笔。"而在具体手法上，这组诗最突出的特点就在于情感表现上的"化抽象为具体"。"老圃""抱瓮""养花"这些实人实景就比前作中的"杨柳树""断肠花"等概念化的具象更为真实可感。愈具象化就会愈显真挚动人，最终忆别的情感就在层层递进中被表现出来了。其次，贯穿全诗的巧妙用典也别有深意。如对《诗经》中"脊令"的借用，对王粲"悲旧乡之壅隔兮，涕横坠而弗禁"的化用，对霍去病"匈奴未灭，何以家为？"的反用等都收到了强化主题的效果。此外，跋语文采焕然，亦为全诗增色不少。

惜花四律（步湘州藏春园主人韵）

鸟啼铃语梦常萦，闲立花荫盼嫩晴①。
怵目飞红②随蝶舞，关心茸碧绕阶生。
天于绝代③偏多妒，时至将离④倍有情。
最是令人愁不解，四檐疏雨送秋声。

剧怜常逐柳绵飘，金屋何时贮阿娇⑤？
微雨欲来勤插棘⑥，熏风⑦有意不鸣条⑧。
莫教夕照催长笛⑨，且踏春阳⑩过板桥。
只恐新秋归塞雁，兰艘⑪载酒桨轻摇。

细雨轻寒二月时，不缘红豆⑫始相思。
堕裀印屐⑬增惆怅，插竹编篱好护持。
慰我素心⑭香袭袖，撩人蓝尾⑮酒盈卮⑯。
奈何无赖春风至，深院荼蘼⑰已满枝。

繁英⑱绕甸竞呈妍，叶底闲看蛱蝶眠。
室外独留滋卉⑲地，年来幸得养花天⑳。
文禽㉑共惜春将去，秀野欣逢红欲然。
戏仿唐宫护佳种㉒，金铃轻绾赤阑边。

〔**题解**〕

这组诗最早收入《集外集拾遗补编》，后被唐弢编入《鲁迅全集补遗续编》，一般认为作于 1901 年三四月间。但据周作人《旧日记里的鲁迅》："下午从调马场上坟回，接大哥廿六日函，并'惜花诗'四首。"周振甫据此提出准确创作时间为辛丑二月二十六日（1901 年 4 月 14 日）。这一时期，因科场案被捕的鲁迅祖父周福清开释获准，鲁迅与朱安拖延两年之久的婚事（包办婚姻）也由此被提上日程，这些可以看作是这组诗隐性的创作动机。至于显在动机，据说是鲁迅寒假在家见到藏春园主人的惜花诗后有感，返校步原韵而作。周作人《鲁迅的旧家·惜花诗》载："藏春园主人不知其真姓名，原作载当时《海上文社日录》上，大抵是流寓文士，大家结社征诗，以日录为机关报，鲁迅看见偶尔拟作，未必是应征的。"藏春园主人即寓居上海的湖南长沙人林步青，其组诗全文如下：

> 夜来风雨苦相萦，早起欣看画阁晴。
> 软白轻黄无限思，嫣红柔绿可怜生。
> 浅深秀媚如含恨，浓淡丰姿若有情。
> 鹦鹉帘前能解事，呼童灌溉报声声。

> 东皇酝酿半开时，彳亍行来有所思。
> 清影月移犹爱护，修芽风动费扶持。
> 参天雍汉窥云壑，大地阳春泛酒卮。
> 属付小鬟须着意，莫教偷折最新枝。

枝头簇簇暗香飘，小雨如酥分外娇。

休使狂蜂伤嫩蕊，不教浪蝶绕柔条。

青埃碧汉三千界，绿意红情廿四桥。

愿祝十分春永驻，封姨珍重莫轻摇。

千红万紫各争妍，好鸟瞒人叶底眠。

精卫亦难填恨海，娲皇不肯补情天。

金铃深护嬴憔悴，玉树微歌自适然。

三十六宫春日丽，满城风雨艳无边。

此外，对于本诗第二、三首的章次历来存在争议，这里依据周作人日记及《鲁迅全集》所录顺序，按"鸟啼，剧怜，细雨，繁英"依次排列。

〔注释〕

①嫩晴：雨后放晴。杨万里《游云山寺》："春晴处处讲新声，细草欣欣贺嫩晴。"

②飞红：落花。李贺《上云乐》："飞香走红满天春，花龙盘盘上紫云。"与下句指代初生青草之"茸碧"对应。

③绝代：一般用来形容貌美的女子。杜甫《佳人》："绝代有佳人，幽居在空谷。"此处以佳人喻花，别出机杼。又李白曾在《清平调》中以牡丹比美艳女子，故此处当指牡丹。

④将离：芍药。《古今注》："牛亨问曰：'将离相别，赠

以芍药，何也？'答：'芍药一名可离，故相别以为赠。'"这里与上句的"绝代"即牡丹对应，如张元幹《兰陵王》："芳草侵阶映红药。"

⑤金屋何时贮阿娇：据《汉武帝故事》：汉武帝年幼时，长公主将其抱置膝上，手指阿娇曰："阿娇好否？"武帝回答说："好！若得阿娇作妇，当作金屋贮之也。"

⑥插棘：棘，即丛生小枣树，插棘可以护花。据《渊鉴类函》本部五、棘一，引《埤雅》："今人养花之法，初春，以棘数枝置花丛上，可以避霜，护其花芽也。"如苏轼《和子由记园中草木》："插棘护中庭。"

⑦熏风：《吕氏春秋·有始》："东南曰熏风。"

⑧鸣条：刘逵注《吴都赋》："木枝叶与风摇荡作声。"

⑨长笛：《能改斋漫录》卷三引《乐府杂录》："笛者，羌乐也，古曲有《落梅花》《折杨柳》，非谓吹之则梅落耳。"本诗即取此意。后世都误以为是笛吹梅花落，如李白《与史郎中饮听黄鹤楼上吹笛》："黄鹤楼中吹玉笛，江城五月落梅花。"

⑩踏春阳：一说是踏青、欣赏春光之意。一说《春阳》为乐曲，据《酉阳杂俎》："长安女儿踏《春阳》，无处《春阳》不断肠。""踏春阳"即为跟着乐曲节拍走。

⑪兰艭：木兰船。据《述异记》："浔阳江中有木兰川，上多生木兰树，鲁班刻木为舟。"

⑫红豆：代相思。王维《红豆》："红豆生南国，春来发几枝。愿君多采撷，此物最相思。"

⑬堕裀印屦：本于"飘茵落溷"，指代（不同遭遇的）落

花。《南史·范缜传》："人生如树花同发，随风而堕，自有拂帘幌坠于茵席之上，自有关篱墙落于粪溷之中。坠茵席者，殿下是也；落粪溷者，下官是也。"

⑭素心：本心。又有一种上品兰花叫素心兰，故此处应是双关。

⑮蓝尾：一指蓝尾酒，《仇池笔记》引苏鄂："以酒巡匝为娄尾，一作蓝尾。侯白《酒律》谓：'酒巡匝到末座者，连饮三杯，为娄尾酒。'"一指芍药花，《清异录》："胡嵩诗'瓶里数枝娄尾春'，时人罔喻其意，桑维翰曰：'唐末文人有谓芍药为娄尾春者，娄尾酒乃最后之盃，芍药殿春，亦得是名。'"

⑯卮：古时的饮酒器皿，代指酒杯。

⑰荼蘼：宋人王淇《春暮游小园》："开到荼蘼花事了。"因荼蘼花期较晚，一般包含韶光易逝之慨。

⑱繁英：繁花。谢朓《晚登三山还望京邑》："喧鸟复春洲，杂英满芳甸。"

⑲滋卉：培养花卉。《离骚》："余既滋兰之九畹兮，又树蕙之百亩。"

⑳养花天：据宋代释仲殊《花品·序》："越中牡丹开时……多有轻云微雨，谓之养花天。"

㉑文禽：泛指各种鸟，应璩《与满公琰书》："高树翳朝云，文禽蔽绿水。"也可专指鸳鸯，《花镜》："鸳鸯，一名匹鸟，一名文禽。"

㉒"戏仿"句：《开元天宝遗事》："（宁王）至春时，于后园中纫红丝为绳，密缀金铃，系于花梢之上，每有鸟鹊翔

集，则令园吏挈绳索以惊之，盖惜花之故也，诸宫皆效之。"

〔评点〕

对《惜花四律》的解释历来众说纷纭，但大部分人都将其视为"托物言志"之作。比如，周振甫说诗人是通过"惜花"，传达对封建社会妇女遭遇的同情；临沂师专中文系所编《鲁迅诗歌注析》认为诗人是在表达对黑暗社会的控诉；张向天说"惜花"象征着诗人对美好生活和理想的向往。张恩和则强调这组诗是为数不多的"比较纯为写花而又写得好"的作品，它"写尽了作者对各种花的深切感情，那种爱花护花并且将花的命运系于己身己心的感情，简直让人觉得可以触摸"。张紫晨在此基础上认为，诗人是"通过惜花、护花、赏花的抒写，表达一种生活情趣和依恋家乡的心境"。

具体说来，这四首诗虽都围绕着"花"展开，却又各有侧重。倪墨炎曾按"初冬""新秋""盛夏""暮春"的季节指向，对每首诗进行定位，并强调四首诗分别着重写了"惜花的心情"，"惜花的行动"，"由赏花引起的感想"，"春天的百花盛开"。这与周振甫按照"关心花的谢落"，"保护花"，"赏花"，"花开得好"的顺序所做的划分不谋而合。

第一首是说诗人担心花的命运，在睡梦中能听到"鸟啼铃语"，甚至"闲立花荫"时也盼望天晴。诗人害怕"飞红"飘落到台阶上，所以连台阶上的小草也关心到了。然而天公不作美，"疏雨送秋声"，花瓣的凋零最终还是让诗人深感惋惜。第二首着重写护花的行为。诗人想效仿汉武帝金屋藏娇，把花珍藏起来。

于是当"微雨欲来"时，他选择"插棘"做保护，吹过来的"熏风"似乎也被这种行为所感动，有意变得温暖和煦了。三、四句继续描写诗人为护花所做的努力。他奉劝观赏者不要在日暮时分吹奏长笛，因为那样会使百花凋零，与其如此还不如选择在新秋之前轻摇兰橹，载酒赏花。第三首接续赏花一事，写由此引发的感想。"红豆""素心""蓝尾""荼蘼"等不同种类的花让诗人观赏兴致浓郁，但无奈韶光易逝，且不同的花（人）命运各不相同，这又引发了诗人的惆怅。最后一首格调稍显明快，为我们呈现了一幅百花争妍的风景图。诗人爱花，而且尤爱长在秀丽山川的野花，这表露出他对美好春光的向往和对生活的热爱。

该诗的整体结构让人耳目一新：从第一首诗开始，每一诗作的结尾都紧粘后一诗作的开头，形成一个不可分割的整体；且第四首末句"金铃轻绾赤阑边"与第一首首句"鸟啼铃语梦常萦"相呼应，使整组诗形成了回环往复的环状结构，收到了反复吟咏、深化主题的效果。此外，这组诗在格律、炼字、押韵等技巧处理上也十分讲究，恰当的用典以及"绝代""将离""素心""蓝尾"等双关语的巧妙运用更使得全诗意味深长。但各首诗形式的雷同以及诗作间递进性的缺乏也为读者所诟病。

第二辑

自题小像

灵台①无计逃神矢②，风雨③如磐④暗故园。
寄意寒星⑤荃不察⑥，我以我血荐轩辕⑦。

〔**题解**〕

  这首诗于1936年10月27日由许寿裳首次发表于《我所认识的鲁迅》，他在文中说："鲁迅对于民族解放事业，坚贞无比，在1903年留学东京时，赠我小像，后补以诗。"在《怀旧》中又说："1903年，他二十三岁，在东京有一首《自题小像》赠我。"诗题是许寿裳自己加上去的。1902年4月，怀着爱国、救国宗旨到日本求学的鲁迅受到了孙中山、章太炎等人革命思想的影响，清王朝内忧外患的局势，以及国内民众麻木不仁的状态也激发了他的战斗意志。于是鲁迅公然剪掉辫子，"将价值集中在脑袋"以示对封建政权的反抗。他还将剪辫之后的照片寄送友人以示留念，这首诗就题在所赠照片之后。1931年，国民党施行"白色恐怖"政策，疯狂逮捕并屠杀左联作家，鲁迅在此期间对这首诗进行了二次创作，借以重申自己数十年来未曾动摇过的革命斗志，并决心为新的革命献身。关于写作时间，鲁迅重写此诗时的说法与许寿裳是有出入的："二十一岁作，五十一岁时写之，时辛未二月十六日也。"有人认为是鲁迅把最初写作的日期记错了，也有人认为此处的"二十一岁"是鲁迅的实际年龄，而

"五十一岁"则为虚岁。这里从许寿裳之说（1903年）。关于创作地点，也存在南京、绍兴和东京的争议，这里取东京之说。该诗后被许广平编入《集外集拾遗》。

〔**注释**〕

①灵台：一说指心。《庄子·庚桑楚》："不足以滑成，不可内（纳）于灵台。灵台者，有持而不知其所持而不可持者也。"郭象注："灵台者，心也。"一说指天文台，象征祖国。如《诗经·大雅·灵台》："经始灵台，经之营之；庶民攻之，不日成之。"一说指会稽并喻国家。据《吴越春秋》："（范蠡）起游台……冠其山巅以为灵台。"鲁迅于1907年所作的《摩罗诗力说》中，有"热力无量，涌吾灵台"之句，1908年的《破恶声论》亦有"灵台之中，满以势力……"的说法，且都以灵台喻心，故此处取第一种说法。

②神矢：爱神之箭。爱神来源于希腊神话，外文名 Eros，又叫丘比特。他用金箭头射到男女双方的心里就会让他们互相产生爱慕。一般认为，这是鲁迅对留学东京受新思潮刺激的比喻，内里包含着青年鲁迅复杂的情感。

③风雨：喻国内动荡的社会环境。《诗经·郑风·风雨》："风雨凄凄"，"风雨潇潇"，"风雨如晦"。

④磐：扁厚的大石头，是对当时国内现状的生动比喻。唐代贯休《侠客》："黄昏风雨黑如磐。"清人龚自珍《哭洞庭叶青原》也有"黑云雁背如磐堕"的诗句。

⑤寒星：先驱及圣贤。宋玉《九辩》："愿寄言夫流星兮。"

王逸注："欲托忠策于贤良也。"此处的寒星应是对流星的化用。

⑥荃不察：据《离骚》："荃不揆（察）余之衷情兮。"王逸注："荃，香草，以喻君也。"鲁迅此处肯定不是在喻指君王，而是在喻指中华民族或是国人。

⑦轩辕：黄帝。《史记·五帝本纪》："黄帝者，少典之子，姓公孙，名曰轩辕。"黄帝是中华民族的始祖，此处代指祖国或革命，用以表达清末反满之志。

〔评点〕

《自题小像》与鲁迅前一时期的作品大不相同。在这首诗里，"谋生无奈日奔驰"的迷惘不见了，"家中无长物"的心酸不见了，梦驰故乡的羁旅愁思不见了，因惜花而产生的苦闷心情也不见了，取而代之的是诗人爱国和革命的激情。鲁迅曾两次作此诗，且时间跨度达三十年之久，因而既可以把这首诗看作是鲁迅战斗思想的起点，也可以看作是他毕生思想的总结。从旧民主主义革命到新民主主义革命，任时代风雨飘摇，不变的是鲁迅一以贯之的革命和战斗情怀。

许寿裳在《怀旧》中曾对该诗做过具体阐释："首句说留学外邦所受刺激之深，次写遥望故国风雨飘摇之状，三述同胞未醒，末了直抒怀抱，是一句毕生实践的格言。"但历来对"灵台""神矢""荃不察"的解释聚讼不决。比如关于"神矢"就有几种不同的说法：张向天认为"神矢"就是《摩罗诗力说》中的"飞矢"；周振甫认为是代指革命思想的刺激；倪墨炎认为是在表达诗人对祖国深切的爱；鲁歌在《也谈鲁迅的诗〈自题小像〉》中认为，鲁迅是用"神矢"比喻革命思潮；赵瑞蕻在《读鲁迅诗〈自题小像〉和〈湘灵歌〉》中认为，"神矢"即西方列强恶毒的利箭；单演义在《鲁迅诗〈自题小像〉探索》中说"神矢"是指家庭包办婚姻；汪毅夫在《"灵台无计逃神矢"新释》中认为是指鲁迅的故乡会稽……

《自题小像》在风格上不同于《别诸弟》的沉郁，也不同于《莲蓬人》的清丽和《惜花四律》的细致委婉，而是苍古刚劲，慷慨激昂。全诗最为人称道的是高水平的比喻和用典。比喻的含蓄曲折让全诗形象生动鲜明；用典更是做到了"古为今用、洋为中用"，在中西交融中让人感受到了别样风情。诗中看似平常的表达，实则都包含着深刻的引申义，在朦胧中拓宽了读者的理解范围。此外，反衬、第一人称、内心独白、形象描述等手法的使用，都为诗人的情感表达助力不少。

宝塔诗

兵

成城

大将军

威风凛凛

处处有精神

挺胸肚开步行

说什么自由平等

哨官营官是我本分

〔题解〕

　　这首诗的具体创作时间大致在1903年3—4月间，首次发表于1961年9月23日沈瓞民《回忆鲁迅早年在弘文学院的片段》一文，诗题是后来研究者另加上去的。当时留学日本的鲁迅与沈瓞民同为东京弘文学院学生，沈瓞民曾回忆说："中国留学生很多，流品不齐。革命的和反革命的两大阵营，壁垒森严。留学生中，拖着长辫，誓死保皇是一派；反清的革命志士，鼓吹革命，无所顾忌是一派。"作为革命派的鲁迅，自然"嫉恶如仇，对东京留学生中的保皇派，作坚决的斗争。尤其对同学中保皇派的丑态，常加以白眼，或嗤之以鼻"。后来他又补充道："东京成城学校是中国留学生学习陆军的预备学校，进成城读书的，一定要经中国留学生陆军监督审查批准，因此革命派的学生较少，保皇派很多，在东京满街乱跑，学成后，回国给反动的清政府效劳。鲁迅看了很生气，在自修室里，曾写了些打油诗。我还记得其中一首宝塔诗……"这些回忆性的文字可以加深我们对这首诗的理解。

〔评点〕

这首诗理解起来比较容易，没有太多可供阐释的空间，基本上都认为是诗人对当时愚昧的保皇势力及黑暗反动势力的抨击，从中可以深切感受到青年鲁迅作为革命者的战斗热情。

较之内容，更为引人注目的是该诗独特的形式。整体看来，这首诗俨然一座矗立的宝塔，因而被称作"宝塔诗"。这种形式在唐代已有，首句一字，逐句加一字，至七、八字止，字字押韵。鲁迅此处采用这一体式也正好与当时留日学生高高盘起的富士山般的长辫相对照，可谓神形毕现、惟妙惟肖。诗歌整体上嬉笑怒骂，极尽讽刺之能，让人感觉妙趣横生。

进兮歌

进兮进兮伟丈夫！日居月诸浩迂徂^①。

曷^②弗大啸上征途，努力不为天所奴！

沥血奋斗红模糊，

迅雷震首，我心惊栗乎？

迷阳^③棘足，我行却曲^④乎？

战天而败神不痛^⑤，意气须学撒旦^⑥粗！

吁嗟乎！

尔曹^⑦胡为彷徨而踟蹰？呜呼！

〔题解〕

　　这首诗摘录自鲁迅翻译凡尔纳的小说《地底旅行》，原无诗题，一般都把它称作《进兮歌》。《地底旅行》是鲁迅1903年留学日本弘文书院时翻译的。当时鲁迅深受孙中山、章太炎等人民主革命思潮的影响，公然剪掉辫子，作《自题小像》，《进兮歌》也是在这一背景下创作完成的。1982年第2期《中国现代文学研究丛刊》刊发钦鸿、闻彬《反帝爱国的豪迈战歌——介绍新发现的一首鲁迅旧诗〈进兮歌〉》一文，文中称："过去，研究者们都（将《进兮歌》）视为鲁迅的译诗，而未予注意。实际上，它完全出自鲁迅之手，应该归于鲁迅的创作之中。"他们查

核了1930年巴黎阿歇特出版社刊行的凡尔纳法文原版本，并且
参考杨宪益、闻时清根据该本翻译的中译本《地心游记》，发现
原书此处是没有诗句的，而鲁迅译本却在第六回末出现了这首
诗。又"在鲁迅译本里，《进兮歌》是探险家列曼的助手亚蔼士
在航海时所唱，表现了一种万难无阻、一往无前的豪情壮志。而
原书中的此刻，亚蔼士只是走到木筏的前部眺望大海，并未表现
出炽热的激情，当然也没有引吭高歌。我们认为这是鲁迅在译演
的过程中，有意识地增加上去的"。1934年5月6日，鲁迅致信
杨霁云时称此书"虽说译，其实乃是改作"。这也从侧面证实了
上述说法。

〔注释〕

①"日居"句：《诗经·邶风·柏舟》："日居月诸，胡迭而
微。""徂"即往，逝。整句合起来是指光阴的流逝。

②曷：同"盍"，何不。

③迷阳：有刺的草。《庄子·人间世》："迷阳迷阳，无伤吾
行。"

④却曲：屈曲，不敢笔直前行。《庄子·人间世》："吾行却
曲，无伤吾足！"

⑤痡：《说文》："痡痡，病也。"这里有精神萎靡之意。

⑥撒旦：反叛上帝耶和华的堕落天使（Fallen Angels），是黑
暗、邪恶力量的象征。原诗后鲁迅自注云："撒旦与天帝
战，遁于九地，说见弥耳敦《失乐园》。"又《摩罗诗力
说》："恶魔者，说真理者也。"鲁迅这里借用异域典故，
贬义褒用，称颂其反抗精神。

⑦尔曹：你们。语出《后汉书·赵憙传》："尔曹若健，远相避也。"又杜甫《戏为六绝句》："尔曹身与名俱灭，不废江河万古流。"

〔评点〕

　　这首诗与《自题小像》作于同一时期，在思想上也具有一致性，按照钦鸿、闻彬的说法："这首《进兮歌》，与其说是书中人物亚蒀士的歌唱，毋宁说是鲁迅自己的某种情怀的不可遏制的迸发"，它表达了鲁迅"对祖国命运的深重忧患和以身许国的庄严誓愿"。

　　前四句从常理出发，为有志青年指明方向。正因"日居月诸浩迁徂"，大丈夫才更要锐意进取，"大啸上征途"。"不为天所奴"中的"天"是以含蓄手法暗指清政府，古代中国的臣子有在统治者面前称"奴才"的习惯，因而说"奴"。鲁迅不愿做清政府的奴才，他奋袂而起，誓言在革命征程中"沥血奋斗"，即使"迅雷震首"，哪怕"迷阳棘足"，他也不为所动。紧接着诗人又用"我心惊栗乎""我行却曲乎"两个连续的反问句阐明心志。鲁迅决心学习向上帝挑战的撒旦，因为他即使斗争失败了也依然意气飞扬。但周遭形势不容乐观，很多人面对革命仍然"彷徨而踟蹰"，这让鲁迅发出"呜呼"的感慨，希望他们能同仇敌忾，奋勇向前。

　　与同时期含蓄深沉的《自题小像》相比，这首古风更偏豪迈，体现出一种战斗化的诗风。诗中"放言无忌"的反抗精神和《楚辞》化语言的运用明显取自屈原。对异域典故的反用也是这首诗的创新之处。

战哉歌

战哉！此战场伟大而庄严兮，
尔①何为遗尔友而生还兮？
尔生还兮蒙大耻，尔母答尔兮死则止。

〔题解〕

　　这首诗摘录自鲁迅1903年5月所译《斯巴达之魂》，通常认为本诗是鲁迅在日本小说家进上勤日译文的基础上转译而成。《斯巴达之魂》最初发表在《浙江潮》第5期和第9期，后收入《集外集》。这里按首句拟定题目，也有据出处将诗题拟为《斯巴达军歌》的。鲁迅在正文伊始叙述了这个故事的大致经过，并阐述了其译介目的："西历纪元前四百八十年，波斯王泽耳士大举侵希腊。斯巴达王黎河尼佗将市民三百，同盟军数千，扼温泉门（德尔摩比勒）。敌由间道至。斯巴达将士殊死战，全军歼焉，兵气萧森，鬼雄昼啸……我今掇其逸事，贻我青年。"斯巴达军法规定：士兵当全力戮战，并以战死为荣。侥幸生还的不但被认作是临阵逃脱，而且还为军法所不容。鲁迅选择译介这一题材与国内动荡不安、风雨飘摇的时代背景是分不开的。1903年4月，沙皇俄国侵占我国东北，在日本留学的学生自发组成拒俄义勇队，但清政府通过日本政府铁血镇压。这一事件与本诗是密切相关的。

〔注释〕

①尔：你，代指在斯巴达与波斯交战时的武士亚里士多德。
他因目疾休养未参加战斗，得以生还归家，但却被家人视
为莫大的耻辱，后来他受此歌鼓舞战死沙场。

〔评点〕

这首诗在鲁迅为数不多的旧体诗中并不算突出，甚至连诗人
自己都坦承"再也记不起它们的老家"，但它可以作为理解鲁迅
其他旧诗的重要补充。这首诗的意旨很明显，许寿裳说它是"借
斯巴达的故事，来鼓励我们民族的尚武精神"（《亡友鲁迅印象
记》），并且"借了异国士女的义勇来唤起中华垂死的国魂"
（《我所认识的鲁迅》）。周振甫也认为它是在"宣扬斯巴达战士反
抗侵略，为国牺牲的精神"。此外，我们也可以把它单纯看成是
鲁迅为增强文章气势而顺手写就。这首诗在艺术上明显传承了
《楚辞》体式，语调激烈而慷慨，气韵生动。

哀范君三章

风雨飘摇①日，余怀范爱农。
华颠②萎寥落，白眼③看鸡虫④。
世味秋荼⑤苦，人间直道穷⑥。
奈何三月⑦别，竟尔失畸躬⑧。

海草国门碧⑨，多年老异乡。
狐狸⑩方去穴，桃偶⑪尽登场。
故里寒云恶，炎天凛夜长⑫。
独沉清泠⑬水，能否涤愁肠？

把酒论当世，先生小酒人⑭。
大圜⑮犹茗艼⑯，微醉自沉沦。
此别成终古⑰，从兹绝绪言⑱。
故人云散尽，我亦等轻尘⑲！

我于爱农之死，为之不怡累日，至今未能释然。昨忽成诗三章，随手写之，而忽将鸡虫做入，真是奇绝妙绝，霹雳一声，速死犺⑳之大狼狈。今录上，希大鉴定家鉴定，如不恶，乃可登诸《民兴》也。天下虽未必仰望已久，然我亦岂能已于言乎？二十三日，树又言。

〔题解〕

这组诗作于 1912 年 7 月 22 日，最初发表于 1912 年 8 月 21 日的绍兴《民兴日报》，署名黄棘。原题即为《哀范君三章》，也有作《哭范爱农》和《哀诗三首》的。除题诗后的附言外，7 月 19日的《鲁迅日记》也成为我们获取信息的重要渠道。鲁迅在当天日记中写道："晨得二弟信，12 日绍兴发，云范爱农已 10 日水死，悲夫悲夫！君子无终，越之不幸也，于是何几仲辈为群大蠹。"诗题中的范君即日记里的范爱农，他名肇基，字斯年，号蔼农，是革命党人徐锡麟的学生，还是革命团体光复会的重要成员，留学日本时与鲁迅结识，学成后归国。鲁迅《朝花夕拾》曾对范爱农归国后的境况做过描述："（范爱农）回到故乡之后，又受着轻蔑、排斥、迫害，几乎无地可容。"只好"躲在乡下，教几个小学生糊口"。尽管穷困潦倒，范爱农却依然保持着高昂的革命斗志，并在日夜祈盼中亲眼见证了新政权的到来。然而好景不长，很快袁世凯便篡位谋权复辟帝制，加上英国入侵西藏，俄国入侵伊犁……举国上下内忧外患、动荡不安。现实与理想的巨大差距最终让范爱农对革命丧失了信心。1912 年 7 月 10 日，范爱农溺水身亡，鲁迅"疑心他是自杀，因为他是浮水的好手，不容易淹死的"。范爱农浮沉的一生正是那个年代革命志士尴尬处境的真实写照：革命者在辛亥革命后的中国竟无立足之地！这组哀诗正是在这一背景下写就的。

〔注释〕

①风雨飘摇：双关。《诗经·豳风·鸱鸮》："予室翘翘，风雨所飘摇。"据鲁迅说范爱农去世之际，接连几天都阴雨

连绵，这里既指当时的天气状况又喻国家的动荡不安。

②华颠：头发花白。《诗经·尔雅·释言》："颠，顶也。"鲁迅在《朝花夕拾》中曾经说过："然而奇怪，只这几年，（范爱农）头上却有了白发了。"从中可以感受到范爱农生活的窘况。

③白眼：《晋书·阮籍传》："（籍）能为青白眼，见礼俗之士，以白眼对之。"鲁迅在回忆范爱农的文章中也说他是一个"眼球白多黑少的人"。此处当作轻视鄙薄之意。

④鸡虫：双关。一指爱争蝇头微利的卑贱小人。据杜甫《缚鸡行》："小奴缚鸡向市卖，鸡被缚急相喧争……鸡虫得失无了时，注目寒江倚山阁。"当时，范爱农对揽权夺利的争斗是嗤之以鼻的，他曾经在致鲁迅的信中称赞革新者陈伯翔："当此鸡蟊争食之际，弃之如敝屣，是诚我越之卓卓者，足见阁下相士之不虚。"又据周遐寿《鲁迅小说里的人物》："而忽将鸡虫做人，真是奇绝妙绝。"此处则指排挤范爱农的小人何几仲及其同伙，"几仲"与"鸡虫"同音。

⑤茶：苦菜。《诗经·尔雅·释草》："茶，苦菜。"

⑥直道穷：说范爱农为人刚直不阿，不善曲意逢迎，生活困顿。当时好友沈馥生曾推荐他到诸暨做官，他在5月13日致鲁迅的信中说："省中人浮于世，弟生成傲骨，不肯钻营，又不善钻营，断无生理。"

⑦三月：指相隔时间大约三个月。鲁迅1912年5月曾回绍兴老家与范爱农见面，7月范爱农去世。

⑧畸躬：指范爱农。《庄子·大宗师》："畸人者，畸于人而

佯（合）于天。故曰：'天之小人，人之君子；人之君子，天之小人也。'"范爱农为人正直，不修边幅，为世人所不容，饱受排挤，因而被周遭的人视为畸人。

⑨海草国门碧：按《礼·祭法》："国门，谓城门也。"此句化用李白"江草三碧，不归国门"（《早春于江夏送蔡十还家云梦序》)。并和下句一起用来说明范爱农留学日本多年未曾归国。

⑩狐狸：指清朝官员。《说文》："狐，妖兽也，鬼所从之。"清代官场就奉狐狸为"守印大仙"。1912年2月12日，袁世凯与满清皇室密谋，企图篡夺辛亥革命果实。许寿裳在《怀旧》一文中说："我尤其爱'狐狸方去穴'的两句，因为他（鲁迅）在那时已经看出袁世凯要玩把戏了。"

⑪桃偶：桃木做的木偶，此处指旧官僚和投机分子粉墨登场。《战国策·齐策》："有土偶人与桃梗相与语。"

⑫炎天凛夜长：夏天应当是白天长夜里短的，但鲁迅却说"凛夜长"，暗喻政治环境的冷酷恶劣。

⑬清泠：一说清冽，有清澈寒冷之意。《拾遗记》："屈原以忠见斥。隐于沅湘……被王逼逐，乃赴清泠之水。"又范爱农4月14日致鲁迅的信："盖吾辈生成傲骨，未能随波逐流，惟死而已，端无生理。"此处当取洁身自好、孤傲狷介之意。

⑭小酒人：通常认为小即轻视，酒人即嗜酒之徒。钱瑛之、马莹伯《试评〈鲁迅诗歌注〉》一文认为小为形容词，与下文"微醉"中的"微"相呼应。

⑮大圜：指天下。《吕氏春秋·序意》："爰有大圜在上，大矩在下，汝能法之，为民父母。"

⑯茗艼：通"酩酊"。《晋书·山简传》："日夕倒载归，酩酊无所知。"

⑰终古：永别之意。《离骚》："怀朕情而不发兮，余焉能忍而与此终古？"洪兴祖认为"终古犹永古也"。

⑱绪言：未曾说完的话。《庄子·渔父》："客曰：'子将何求？'孔子曰：'曩者先生有绪言而去，丘不肖，未知所谓……'"

⑲轻尘：渺小之意，为愤慨之语。1933 年 12 月 27 日，鲁迅在写给台静农的信中，表达了对当时社会现状的不满："现状为我有生以来所未尝见，三十年来，年相若与年少于我一半者，相识之中，真已所存无几，因悲而愤，遂往往自视亦如轻尘。"鲁迅信中所指所存无几的这几个人指的就是徐锡麟、秋瑾及诗中的范爱农等人，他们都为了革命以各种形式英勇就义。

⑳速死豸：快要死去的小虫。也有版本作"群小之大狼狈"。

〔评点〕

《哀范君三章》不是一般的挽悼诗，它是有着深广社会内容的政治诗。较之散文《范爱农》，这首诗在表情上更为浓郁，郑心伶认为它真正做到了"情贵乎真，不尚华饰；言贵乎切，无须雕琢"。

具体而言，第一首写鲁迅惊闻范爱农死讯，脑海中浮现出范爱农的形象。诗人在政权危殆，风雨凄凄之日缅怀逝去的范爱农，想到的是他"华颠萎寥落"的沧桑外貌以及"白眼看鸡虫"的傲岸性格。范爱农"侔于天"却"畸于人"，终究为苦若"秋荼"般的当世所不容，长绝于世。

第二首明确把范爱农的死和辛亥革命后的社会现实联系起来。首联写范爱农去国多年，以示对祖国期望自更殷切，反振下文。即使在归国后，他依然对革命前景持乐观态度。但辛亥革命的果实很快被袁世凯窃取，旧官僚与投机分子也重新登上历史舞台，"故里"仍然"寒云恶"，"炎天"却觉"凛夜长"，这让范爱农陷入了绝望的境地。最后一联以诘问的语气表达否定的态度，是说范爱农即使选择投水而死也无济于事。水虽清冽却难洗愁肠，言语中饱含悲愤、哀痛和惋惜，是对黑暗社会的有力控诉。

最后一首重点抒发了诗人的感慨。"众人皆醉"都能苟活于世，而范爱农这样微醺的"小酒人"却落得个"沉沦"水中的下场，这让诗人肝肠欲断，发出"此别成终古，从兹绝绪言"的感慨。最后一联诗人由范爱农联想到与他有着相似遭遇的秋瑾等老友，因悲而愤，表达了对黑暗社会的轻蔑与愤慨。

三首诗虽各自独立却又有机统一。三首诗将范爱农的身世、性格特点及人生际遇与社会变动联系起来，既展现了黑暗旧中国的社会画面，还对不彻底的辛亥革命进行了深刻的批判。鲁迅在《自选集·自序》中说："见过辛亥革命，见过二次革命，见过袁世凯称帝，张勋复辟，看来看去，就看得怀疑起来，于是失望、颓唐得很了。"这组诗主要表现的就是这样一种心境。

作为挽悼诗，典型环境与典型人物的刻画是其艺术上最主要的特点。写环境是由大及小，从"风雨飘摇日"的国内大环境到

"故里寒云恶"的家乡小环境，把辛亥革命后中国社会的全貌展现了出来；写人物是由表及里，从范爱农"华颠萎寥落"的外貌到"炎天凛夜长"的内心感受，可谓形神兼备。整组诗反复吟咏，层层深入，如郑心伶所言："既从社会看到个人，又从个人反映整个社会，深沉强烈的诗的感情与严峻犀利的批判锋芒很好地结合起来了。"

我的失恋
——拟古的新打油诗

我的所爱在山腰；
想去寻她山太高，
低头无法泪沾袍。
爱人赠我百蝶巾[①]；
回她什么：猫头鹰[②]。
从此翻脸不理我，
不知何故兮使我心惊。

我的所爱在闹市；
想去寻她人拥挤，
仰头无法泪沾耳。
爱人赠我双燕图；
回她什么：冰糖壶卢。
从此翻脸不理我，
不知何故兮使我糊涂。

我的所爱在河滨；
想去寻她河水深，
歪头无法泪沾襟。

爱人赠我金表索；

回她什么：发汗药。

从此翻脸不理我，

不知何故兮使我神经衰弱。

我的所爱在豪家；

想去寻她兮没有汽车，

摇头无法泪如麻。

爱人赠我玫瑰花；

回她什么：赤练蛇。

从此翻脸不理我，

不知何故兮——由她去罢！

〔**题解**〕

　　《我的失恋》作于 1924 年 10 月 3 日，最初发表在《语丝》周刊，后辑入《野草》，这里仍按旧体诗录入。新文化运动催生了个性解放、恋爱自由，与此同时也导致了新诗创作领域长期被"失恋诗"占据。鲁迅对青年一味吟咏"花呀""爱呀""死呀"的颓废状态极为不满，因而作此诗加以讽刺。这组诗在发表过程中还存在着一场小的风波，据鲁迅《我和〈语丝〉的始终》，当时从国外留学归来的刘勉己决意对《晨报副刊》加以改革，鲁迅投稿时被他无故退回。时任编辑的孙伏园在《回忆伟大的鲁迅》一文谈及此事时说："抽去这稿，我已经按捺不住火气，再加上刘勉己又跑来说那首诗实在要不得，但吞吞吐吐地又说不出何以'要不得'的理由来，于是我气极了，就顺手打了他一个嘴巴，还追着大骂他一顿。第二天我气愤愤地跑到鲁迅先生的寓所，告诉他'我辞职了'。"此诗最初创作时是三段，后来作者又增加了一段，并对诗题做了更改。诗的形式则完全仿照了张衡的《四愁诗》，原诗全文如下：

> 我所思兮在泰山，
> 欲往从之梁父艰，
> 侧身东望涕沾翰。
> 美人赠我金错刀，
> 何以报之英琼瑶。
> 路远莫致倚逍遥，
> 何为怀忧心烦劳。

> 我所思兮在桂林，
> 欲往从之湘水深，
> 侧身南望涕沾襟。
> 美人赠我琴琅玕，
> 何以报之双玉盘。
> 路远莫致倚惆怅，
> 何为怀忧心烦伤。

> 我所思兮在汉阳，
> 欲往从之陇阪长，

側身西望涕沾裳。

美人赠我貂襜褕，

何以报之明月珠。

路远莫致倚踟蹰，

何为怀忧心烦纡。

我所思兮在雁门，

欲往从之雪纷纷，

侧身北望涕沾巾。

美人赠我锦绣缎，

何以报之青玉案。

路远莫致倚增叹，

何为怀忧心烦惋。

〔注释〕

①百蝶巾：所赠爱情信物。可以看出对方送的都是高贵的东西，包括下文所赠"双燕图""金表索""玫瑰花"等都是女方身份和地位的象征。

②猫头鹰：鲁迅喜爱猫头鹰愤世嫉俗般的叫声，还不止一次直接表达过这种情感。如1927年1月11日，鲁迅在致信许广平时就说："我对于名声、地位，什么都不要，只要枭蛇鬼怪就够了，我就爱枭蛇鬼怪，我要给他践踏我的权利。"这里的"枭"就是猫头鹰。而下文中的"冰糖壶卢""发汗药""赤练蛇"也都是鲁迅喜欢或常用的物事，他借爱好来表现自己的身份和地位，好与"百蝶巾"

等形成反差。两者身份和地位不同，志趣不同，因而没有在一起的基础。

〔评点〕

鲁迅在《我和〈语丝〉的始终》中，说这组诗"是看见当时'阿呀阿唷，我要死了'之类的失恋诗盛行，故意做一首用'由她去吧'收场的东西，开开玩笑的"。后来又在《〈野草〉英文译本序》中说："因为讽刺当时盛行的失恋诗，作《我的失恋》。"鲁迅对五四以后的青年从恋爱中找寻出路的做法是持否定态度的，认为他们应当投身于社会斗争的洪流，而非沉浸在个人狭小的天地里。除此之外，他还认为男女青年在一起要有共同的追求，否则这种关系就只能是雾里看花，水中望月。诗中的"百蝶巾""冰糖壶卢"等就象征着两种截然不同的身份和趣味，正因二人志趣不同，诗人才会"失恋"。

孙席珍在《鲁迅诗歌杂谈》中甚至认为，这组诗就是直接针对徐志摩的，并对诗中的意象进行了追根溯源的分析："一曰猫头鹰，是指徐作的散文《济慈的〈夜莺歌〉》；二曰冰糖葫芦，指其所作一首题为《冰糖葫芦》的二联诗；三曰发汗药，是从徐与人论争时说的一句话抽译出来；四曰赤练蛇，是从徐的某篇文章中提到希腊神话里的人首蛇身女妖引申出来。"此说权作参考。

鲁迅在诗题后面说这是一首"拟古的新打油诗"，按照郑心伶等人的评价就是"拟古而不落俗套，诙谐而无戏谑之嫌"。"拟古"是说它的外在形式模仿了东汉张衡的《四愁诗》；说它是"新打油诗"则源自唐代诗人张打油，其作品通俗、诙谐、不拘常态，与本诗十分相近。鲁迅以杂文化的手法入诗，使得通篇庄严与诙谐杂糅，文言与白话相间，收到了强烈的讽刺效果。具体表现手法则采用了《诗经》以来就经常使用的复沓，其作用是使诗人的情感在微妙变化中层层递进。

替豆萁伸冤

煮豆燃豆萁，萁在釜下泣——
我烬你熟了①，正好办教席②！

〔题解〕

　　这首诗的具体创作时间为1925年6月5日，摘录自《咬文嚼字·三》，最初发表于同年6月7日的《京报副刊》，后收入《华盖集》。时任女子师范大学校长的杨荫榆受命于北洋军阀政府，在教育总长章士钊"整顿学风"的方针下，杨荫榆对几名因迟到未能及时入学的学生采取勒令退学的强制措施，并对校内一切正当的爱国举动令行禁止。这种不合学校章程和时代潮流的行为迅速激起广大学生的反抗，这就是史上著名的"女师大学潮"。事后该校哲学系教员兼系主任汪懋祖在《晨报》发表《致全国教育界》时称："杨校长之为人，颇有刚健之气……今反杨者相煎益急，鄙人排难计穷，不敢再参末议。""相煎益急"源自曹植七步诗，据《世说新语·文字》："文帝（曹丕）尝令东阿王（曹植）七步中作诗，不成者行大法；（曹植）应声者便为诗曰：'煮豆持作羹，漉菽以为汁，萁在釜下燃，豆在釜中泣，本自同根生，相煎何太急？'"此外还有通行的四句版："煮豆燃豆萁，豆在釜中泣，本是同根生，相煎何太急？"汪懋祖颠倒是非，让社会误以为整个事件的起因是"学生压迫校长"，鲁迅对这种行径自然难以容忍。他在文中写道："据考据家说，这曹子建的七步诗是假的。但也没有什么大相干，姑且利用它来活剥一首，替豆萁伸冤。"后人据此命诗题为《替豆萁伸冤》，也有称其为《咬文嚼字》的。

〔注释〕

① 我烬你熟了：针对汪懋祖颠倒是非的行为，鲁迅在《咬文嚼字·三》中讽刺道："……原来（被开除学生和杨荫榆）都是弟兄，而且现在'相煎益急'，像曹操的儿子阿植和阿丕似的。"当时的真实情况是杨荫榆迫害学生，所以说（萁）烬；学生是被害的一方，所以说（豆）熟。鲁迅这样说是为了还学生一个公道。

② 教席：一说是指杨荫榆为联合反动势力镇压学生而办的两次宴席：一次是1925年5月7日在西安饭店召开的教员评议大会，通过了开除学生自治会职员许广平、刘和珍等人的决议；另外一次是5月21日在太平湖饭店举行的"校务紧急会议"，学校采用致电学生家长的方式污蔑学生。这两次宴席都以迫害学生为目的。鲁迅曾言在这些酒席中"看见教育家在杯酒间谋害学生，看见杀人者在微笑后屠戮百姓，看见死尸在粪土中舞蹈……"（《"碰壁"之后》）一说是指教育、学校，因为古时课堂上师生都是席地而坐。这里当为一语双关。

〔评点〕

《替豆萁伸冤》在内容上，是针对汪懋祖之类的"正人君子""学者名流"而发，是一首尖锐讽刺北洋军阀段祺瑞反动政府在教育界的代理人迫害青年学生的战斗诗篇。在情感上，它既有诗人对统治者的批判，也有对受害学生的爱护与同情，可以说"是鲁迅实现思想质变前夕，进化的社会发展观在诗中最后一次形象的体现"。

一般认为，这首诗在对象和意思上正好与原诗相反，是"反"七步诗的。按照郑心伶的解释，第一句意在说明"豆"与"萁"的势不两立。第二句一反常态，因为"曹植以'豆'自比，为'豆'伸冤；鲁迅却易'豆'为'萁'，以'豆'比喻反动势力，以'萁'比喻被害的学生"。诗人以其人之道，还治其人之身，巧妙地还原了事件的真相。第三句让"烬"与"熟"相互对照，并与首句的"燃""煮"分别呼应，意在说明杨荫榆之流的"狼子野心"。最后一句则暴露了段祺瑞政府通过办教育残害青年学生，并借此维护自身利益的阴谋。李怡在《鲁迅旧体诗新论》中则认为，诗人其实无意"反"七步诗，他"只是把这场生存的悲剧推向了一个更本质的层次"：像"萁"和"豆"这样的弱者，永远都难逃被更强大势力所利用、毁灭的命运。两说都有一定道理。

临沂师专中文系所编《鲁迅诗歌注析》将这首诗的特点概括为："短小精悍，针锋相对，典故翻新，讽刺辛辣，具有强烈的战斗性。"这一评价是比较中肯的。诗人用杂文化的手法"活剥"古人诗句，存其表而去其核，对"相煎益急"进行消解，自赋新意，与《咬文嚼字·三》结合起来，具有一种破腐排昏的力量。除了杂文化的风格外，鲁迅对比喻得心应手的运用也是本诗的一大亮点。诗人只对喻体稍事更改，并按照全诗的思想指向，对比喻的侧重点进行简单的腾挪，就使得整首诗收到与原诗截然相反的效果，可谓别出心裁。鲁迅驾驭旧体诗作的功力可见一斑。

第三辑

哈哈爱兮歌三首

哈哈爱兮爱乎爱乎！

爱青剑①兮一个仇人自屠。

伙颐②连翩兮多少一夫③。

一夫爱青剑兮呜呼不孤。

头换头兮两个仇人④自屠。

一夫则无⑤兮爱乎呜呼！

爱乎呜呼兮呜呼阿呼，

阿呼呜呼兮呜呼呜呼！

哈哈爱兮爱乎爱乎！

爱兮血兮兮谁乎独无。

民萌冥行兮一夫壶卢。

彼用百头颅，千头颅兮用万头颅！

我用一头颅兮而无万夫。

爱一头颅兮血乎呜呼！

血乎呜呼兮呜呼阿呼，

阿呼呜呼兮呜呼呜呼！

王泽流兮浩洋洋；

克服怨敌，怨敌克服兮，赫兮强！

宇宙有穷止兮万寿无疆。

幸我来也兮青其光！

青其光⑥兮永不相忘。

异处异处兮堂哉皇！

堂哉皇哉兮嗳嗳唷，

嗟来归来，嗟来陪来兮青其光！

〔**题解**〕

　　这三首诗摘自《铸剑》，具体创作时间为1926年10月至1927年4月间，发表于1927年4月25日和5月10日的《莽原》半月刊第2卷第8、9期，后收入《故事新编》。《铸剑》根据干宝《搜神记》中的《三王墓》改写，具体故事大略如下：楚王怕干将给别人铸剑，于是将他杀害。儿子眉间尺十六岁时，母亲莫邪让他持剑去为父报仇，路上他碰到了愿意替他报仇的宴之敖。最后宴之敖与眉间尺合谋，趁楚王观看表演时砍下其头颅并自刎，三个头颅在鼎内搏斗并完成复仇。这三首贯穿整个复仇过程的诗歌，为这部作品平添了几分奇幻色彩，但与此同时也增强了《铸剑》的先锋性，让它变得更加难以理解。鲁迅在1936年3月28日致信日本友人增田涉时也说："在《铸剑》里，我以为没有什么难懂的地方。但要注意的，是那里面的歌，意思都不明显，因为是奇怪的人和头颅唱出来的歌，我们这种普通人是难以理解的。"创作该诗时期，鲁迅正在厦门大学任教，国内革命由高潮逐渐转向低谷，先是北伐军的胜利，后是蒋介石叛变……鲁迅情感也由此变得极为复杂，于是他通过《铸剑》这篇文章来反思革命出路、探寻人类灵魂、挖掘人性，这三首诗正是理解此作的突破口和重中之重。

〔注释〕

①青剑：《铸剑》中干将为楚王所铸雌雄双剑，据原文描述其外表是"纯青的、透明的，正像两条冰"。

②伙颐：盛多。《史记·陈涉世家》："见殿屋帷帐，客曰：'伙颐！涉之为王沉沉者。'"司马贞索隐："服虔云：'楚人谓多为伙。'按：又言'颐'者，助声之辞也。谓涉为王，宫殿帷帐，庶物伙多，惊而伟之，故称伙颐也。"又［明］朱茂晖《崇祯戊辰湖上观毁逆奄祠纪事》诗："或为九楹殿，升降雕采鳞；或分门三涂，伙颐辟层闱。"

③一夫：语出《孟子·梁惠王下》："残贼之人，谓之一夫。"原指殷纣王，后因以称众叛亲离的统治者。

④两个仇人：特指为找楚王报仇的眉间尺和宴之敖。

⑤一夫则无：此处指杀害眉间尺之父的楚王被杀。

⑥青其光：报仇者所穿为青衣，所用为青剑，所以是青光。

〔评点〕

周振甫说："这三首歌，前两首正面指斥暴君屠杀人民的罪恶，表达深刻的仇恨和迫切的报仇心理，后一首是迷惑暴君以便进行报仇。"但深入来看，因为《铸剑》是鲁迅复仇意志的表达，因此在理解这组诗的时候也不应当忽视它所传达的内在精神，即对"爱"、对"复仇"的赞颂，还有更深层次地对人性的探寻。

第一首是眉间尺自杀后，宴之敖提起他的头颅和剑前去复仇时所唱。这首诗歌从第二句开始进入正题，先交代楚王为了得到雌雄双剑而杀害铸剑者干将这一事实。紧接着将这一问题普遍化，直言像楚王那样独裁的暴君在历史上还有很多，而且还会接连不断地出现。最后两句是说两个复仇者不惜以自身性命做赌注来换取复仇的成功。

第二首是宴之敖将头放在金鼎内为楚王变戏法，并设法为眉间尺报仇时所唱。它以设问的方式开头，强调爱与血在众人身上的普遍性。第三、四句说的是暴君竟以民众的悲惨处境为乐，因为他的江山就是以千万百姓的生命为代价换来的。紧接着宴之敖立下誓言：自己虽然势单力孤，但他会以生命为代价去实现自己的夙愿，绝不让被害者无辜冤死！

第三首是眉间尺的头颅所唱。结合原作，此时在沸鼎中表演的他正设法吸引楚王的注意，所以前三句他利用反语"歌颂"楚王"浩洋洋"的"恩泽"。最后几句以双关语结篇，如第六句的"异处"本意指雌雄双剑互相分离（分别在楚王和宴之敖那里），但也暗指楚王将会身首异处。

在表现手法上，这三首诗多用《楚辞》体字，方便歌者吟咏；多用反复，力求收到一唱三叹的效果；多用双关，尽力拓宽诗歌的外延。在人物塑造上，作者通过语言表现人物的手法值得借鉴，即使脱离《铸剑》原文，那两个金刚怒目式的勇者形象也如临目前，丝毫不显突兀。在整体风格上，这三首诗古为今用，保持了与《故事新编》的一致性。至于诗作读来隐晦生涩，实为鲁迅故意为之，因此不必苛责。

吊卢骚

脱帽①怀铅②出，先生盖代穷③。
头颅行万里④，失计造儿童⑤。

〔**题解**〕

本诗作于1928年4月10日，是《头》的附诗，发表在同年4月23日的《语丝》周刊第4卷第17期上，原无诗题，后辑入《三闲集》。1927年蒋介石发动"四一二"和"四一五"反革命政变，国共第一次合作失败。在血的教训下，中国共产党迅速总结经验并开创农村革命根据地。这激起了蒋介石更大程度上的"围剿"，并将范围扩展到了文化界，对文化工作者采取血腥镇压的恐怖政策。而在文化战线内部，以胡适、梁启超等为代表的新文化运动旗手竟公然鼓吹"人性论"，否定人的"阶级性"，并仇视无产阶级革命和文艺运动。1928年3月25日，梁实秋在《申报·自由谈》发表《关于卢骚》，声称："卢骚个人不道德的行为，已然成为一般浪漫文人行为之标类的代表，对于卢骚的道德的攻击，可以说即是给一般浪漫人行为的攻击。"卢骚即卢梭，是18世纪法国伟大的启蒙思想家，代表作有《民约论》《忏悔录》以及《爱弥儿》等。梁实秋对卢梭的攻击，其实是对尊崇卢梭的马克思列宁主义进步革命知识分子的攻击。针对这一事件，鲁迅在《卢梭和胃口》中说："做过《民约论》的卢梭，自从他还未死掉的时候起，便受人们的责备和迫害，直到现在，责备终于没有完。"后来在《头》中又说："记得《三国演义》记袁术（？）死后，后人有诗叹道：'长揖横刀出，将军盖代雄。头颅行万里，失计杀田丰。'当三个有闲之暇，也活剥一首来吊卢骚。"鲁迅曾"活剥"曹植七步诗自成新作，这里也采用了同样的方法，对清朝王士禛《咏史小乐府》进行了自成新境的更改。

〔注释〕

①脱帽：现代西方礼节，与古代中国"长揖"这一传统礼节相对应，脱帽行礼符合卢梭作为西方人的行为习惯。据说当时还流行一种叫"卢骚帽"的帽子。

②怀铅：带着笔。据《西京杂记》卷三："杨子云（雄）好事，常怀铅提椠，从诸计吏访殊方绝俗四方之语言……"后世即以铅椠代纸笔著作。袁绍"长揖横刀"而出，卢梭就只有"怀铅"了。此处和上文"脱帽"都指卢梭为法国政府所不容仓皇出逃国外时的窘态。但也有不同看法，如张向天就把它解释为"脱下帽子打招呼，却由怀里抽出铅刀，梁先生作战手段的卑劣可谓冠绝当世"。倪墨炎则认为："'脱帽怀铅出'者，就是卢骚写《忏悔录》也。"这两种说法权作参考，此处不予采纳。

③盖代穷：盖代即盖世，一生之意。杜甫《寄薛三郎中》："乃知盖代手，才力老益神。"卢梭晚年自食其力，不接受任何贵族和上层的馈赠，为鲁迅所赞赏。

④头颅行万里：官渡之战袁绍刚愎自用，不仅不听谋士田丰之计还将其杀害在狱中，后为曹操所败，终于含恨而终。

他的儿子袁熙和袁尚投奔公孙康，岂料公孙康正想拿他们两个的人头去邀功。据《三国演义》："时天气严寒，尚见床榻上无茵褥，谓康曰：'愿铺坐席。'康瞋目言曰：'汝二人之头，将行万里，何席之有？'尚大惊。康叱曰：'左右何不下手？'刀斧手拥出，就坐席上砍下二人之头，用木匣盛贮，使人送到易州，来见曹操。"

⑤失计造儿童：卢梭因写《爱弥儿》触动了法国上层阶级的利益，他反对用宗教和道德礼教去约束儿童，这一主张使得他为当世所不容，并惨遭政府和教会驱逐、迫害，最终精神失常。所以说他写《爱弥儿》一书为"失计"。林辰在《鲁迅旧诗笺注》一文中认为，这句是说卢梭因将亲生子女弃置孤儿院为人诟病一事，权作参考。

〔评点〕

　　首句是对卢梭因写《爱弥儿》被法国政府驱逐出境，这一事实的交代。第二句是诗人对卢梭晚年"不食嗟来之食"高尚气节的称颂和对其一生不幸的慨叹。第三句照搬王士祯原诗，表达了诗人对梁实秋之流企图借卢梭的头向革命者发出警示，这一行为的愤恨。在梁实秋看来，革命者如郭亮英等最终都会落得和卢梭一样的下场。最后一句画龙点睛，表面看诗人是在责怪卢梭因写《爱弥儿》惹祸上身，一生落得颠沛流离并郁郁而终，但仔细体味就会发现这是在用反语。在鲁迅看来，为民主革命奉献一生的卢梭不仅在生年饱受折磨，死后还要被梁实秋等人拿来攻击，这种"以软刀挂头示众"的做法确实令人难以忍受。正如郑心伶所言："鲁迅所'活剥'的《吊卢骚》，实质就是讽刺梁实秋，批驳其反动的'借刀杀人'论，揭露其用'借头示众'的手法攻击革命作家的反革命伎俩。"

这是一首篇制短小，语言精练，讽刺辛辣，意境含蓄的"游戏之作"。它看似照搬王士祯的吊袁绍诗，但又完全不同于王诗，虽云"活剥"，实为新作。在风格上更趋厚重沉稳，与诗人上一首偏诙谐幽默的"活剥"诗《替豆萁伸冤》相比也不尽相同。

题赠冯蕙熹

杀人有将①，救人为医。

杀了大半，救其孑遗②。

小补之哉③，乌乎噫嘻！

〔题解〕

　　这首诗作于1930年9月1日，1962年12月23日《天津晚报》载吴世昌《鲁迅集外的四言诗》，文中首次公开出现此诗。除《题赠冯蕙熹》外，也有取诗题作《无题》《赠医生》《题冯蕙熹医生手册》《为学医青年题词》的。冯蕙熹是许广平表妹，广东南海人，1927年考入北京协和医学院，这首诗是鲁迅应冯蕙熹之请所题。因为与医者有关，所以对这首诗的理解需要与鲁迅早期的学医经历结合起来。对于学医救国，鲁迅在《呐喊·自序》中说："我的梦（学医）很美满，预备卒业回来，救助像我父亲似的被误的病人的疾苦，战争时候便去当军医，一面又促进了对于维新的信仰。"但后来他又"觉得学医并非一件紧要事，凡是愚弱的国民，即使体格如何健全，如何茁壮，也只能做毫无意义的示众的材料和看客……所以我们的第一要著，是在改变他们的精神"。此外，该诗的创作正值大革命失败的第3个年头，以蒋介石为首的国民政府继续推行独裁统治，制造"白色恐怖"，大肆屠杀人民群众。处在杀人者的环境为救人者题诗，鲁迅自然难以回避两者之间的关系。这些问题在本诗中都有一定体现。

〔注释〕

①将：统治者，杀人者。《吕氏春秋·执一》："军必有将。"这里指称国民党反动派，又据吴奔星分析，"将"与"蒋"同音，这里特指屠杀革命党人的刽子手蒋介石。

②孑遗：遗留下来的少数人。《诗经·大雅·云汉》："周余黎民，靡有孑遗。"

③小补之哉：杯水车薪的小补救。《孟子·尽心》："夫君子所过者化，所存者神，上下与天地同流，岂曰小补之哉？"

〔评点〕

这首诗从杀人者（将）和杀人数量（杀了大半）两个方面揭露了国民政府"举世未有"的滔天罪行，意在改变有志青年对国家前途的看法。与此同时，诗人还对国民腐朽麻木的灵魂进行了鞭挞。

有着许多苦楚经历的鲁迅，对医生这个职业和国家前途是有着非常深刻的认识的。他把这首诗赠给一位学医的青年，是想告诫她要改变思想，抛弃"医学救国"的幻想。因为相对于"小补"之举的学医救人，解放社会才是未来中国的根本出路。正如周建人《新发现的鲁迅的一首题诗》所言："如果埋头行医，看不到或不能顾及反动派的'杀了大半'，结果，一些病人可能救活了，但一大批一大批的屠杀照旧进行，岂不可悲？"

但鲁迅并未止步于此，因为他深知革命事业单靠"救人者"的思想转变是难以完成的，它还有赖于"被救者"的自我觉醒。诗人在《拿破仑与隋那》中曾说："杀人者在毁坏世界，救人者在修补它，而炮灰资格的诸公，却总在恭维杀人者。这看法倘不改变，我想，世界是还要毁坏，人们也要吃苦的。"这句话一针见血地揭露了中国民众普遍存在的渴望做奴隶的心态。在诗人看来，只有"被救者"（民众）不再对"杀人者"（统治者）一味恭维，不再对"救人者"（医生、革命者等）一味无视，国家才能真正走上正轨。

这首诗既有揭露、同情，又有启发、鼓励，表达了诗人抑悲扬怒，而又沉郁、轻蔑的复杂情感，既让人悚然警觉，又使人深思奋发。对比的使用是其艺术上最突出的特点，诗人把"杀人"和"救人"放在一起，让人一眼就看到二者的矛盾和荒谬关系，从而表现出他强烈的爱憎。多重感叹的"乌乎噫嘻"又进一步深化了这种爱憎，给人留下了深刻的印象。

赠邬其山

廿年居上海，每日见中华①：
有病不求药，无聊才读书②，
一阔脸就变，所砍头渐多③。
忽而又下野，南无阿弥陀④！

〔题解〕

　　这首诗的具体创作时间为1931年初，据《鲁迅诗稿》："辛未初春，书请邬其山仁兄教正。"诗题是后来收入《集外集拾遗》时编者所加。邬其山即内山完造，日文发音为Uchi Yama，鲁迅将Uchi音译为邬其，并保留山字。内山完造二十几岁就来到中国，起初在上海贩卖日本药品，小有积蓄后开始经营内山书店。据许寿裳《亡友鲁迅印象记》，内山完造"是鲁迅先生的好友"。他们二人初次相识的时间为1927年10月8日，当时鲁迅由广州辗转到上海并居住在内山书店附近。内山完造在《我的朋友鲁迅》中，对这一情形回忆道："有一天，这位先生自己过来了，从书架上取了很多书后在长椅上坐了下来……我问他：'这位先生，怎么称呼您？'他回答道：'噢，叫我周树人就好。'我惊呼起来：'啊！您就是鲁迅先生吗？我知道您。我还知道您刚才广东回到上海，不过从没见过，失礼失礼。'我和先生的交往就是从这时开始的。"

鲁迅有几次重大的灾难都因内山完造的帮助而化险为夷：如1930年3月，因加入左联而被国民党通缉，避居内山书店；1931年1月，因发文悼念柔石等人再受通缉，藏匿在花园庄日本公寓；1932年"一·二八"战争，为避战火暂居内山书店及英租界支店等。

关于本诗的创作，许广平在《鲁迅的诗和邬其山》中，通过内山完造之口做了补充："我在上海居住了二十年之久，眼看中国的军阀、政客们的行动，和日本的军阀、政客们的行动，真是处处相同：那就是等待时机，一朝身就要职，大权在握时，便对反对他们的人们，尽其杀害的能事。可是到了局势对他们不利的时候，又像一阵风似的销声敛迹，宣告下野，而溜之大吉了。"鲁迅与内山完造谈话后深受启发，第二天便写成此诗相赠。

〔**注释**〕

① "廿年、每日"句：内山完造1911年前夕来到中国，至此诗写作时已居上海近二十年。又据鲁迅《内山完造作〈活中国的姿态〉序》："（内山完造）生活于中国，到各处去旅行，接触了各阶级的人们的……"可见内山完造对当时中国的现状是极其了解的。

② "有病、无聊"句：此句化用清代黄易"无事此静坐，有福方读书"，是对当时中国一些军阀、政客政治手段的讽刺，他们一遇失势就推说生病，佯称"出洋留学"或"闭户读书"。

③ "一阔、所砍"句：鲁迅《答杨邨人先生公开信的公开

信》："一种是国共合作时代的阔人，那时颂苏联，赞共产，无所不至，一到'清党'时候，就用共产青年，共产嫌疑青年的血来洗自己的手，依然是阔人，时势变了，而不变其阔。"这句是指国民政府屠杀革命群众的行为。

④南无阿弥陀：佛语，表示对佛的尊敬。鲁迅手稿故意将这句写得大而醒目。张自强认为它有两层含义：一是讽刺下台军阀政客们声称皈依佛教或蛰居佛寺；二是民间俗语阿弥陀佛，表示幸灾乐祸、谢天谢地的感叹。

〔评点〕

许广平曾评价该诗道："巧妙地用了'有病不求药，无聊才读书'的警句来讽刺那些干燥无味的政客、军阀，令人感到痛快。"（《鲁迅的诗和邬其山》）因为鲁迅手迹在首句末尾用的是冒号，所以应把这首诗理解成是内山完造对所见中国现状的总结。

首联从时间和空间出发，对黑暗中国的社会现状作了概括。紧接着诗人又分别从三个不同的侧面，对统治者的无耻行径逐一加以抨击："一是失势时的忸怩作态，二是得势时的阴险凶残，三是相互之间的尔虞我诈。"具体而言，颔联对政客、军阀们虚伪的政治伎俩进行了不留颜面的讽刺。颈联是对他们滔天罪行的控诉：北洋军阀和国民政府变本加厉的恐怖屠杀行径使民众望而生畏。尾联运用对比，对统治者下台之后渴望"抹杀旧账""重新做人"的丑恶滑稽嘴脸进行了揭露。这样一来，鲁迅就把政客和军阀们上下台之后的两副不同面孔摹画出来了。

全诗以"见"字统领全文，每句相互并列，用漫画手法勾勒出的喜剧现象下包蕴着作者浓重的悲剧情怀。倪墨炎总结道："过去有这样的神话：点燃了犀角，能使鬼怪现出原形。鲁迅的这首诗，每一句都抓住一个典型现象，因而像犀角烛怪一样，使国民党军阀政客的丑态毕现，淋漓尽致地画出了他们的鬼脸。它通俗易懂，顺口押韵，风趣盎然，富有民歌色彩。最后一句更耐人寻味。"

送O.E.君携兰归国

椒焚桂折^①佳人^②老^③，独托幽岩^④展素心^⑤。
岂惜芳馨^⑥遗^⑦远者^⑧，故乡^⑨如醉^⑩有荆榛^⑪。

〔题解〕

　　这首诗创作于1931年2月11—12日之间，最初发表于当年的《文艺新闻》第22期，诗题是后来收入《集外集》时鲁迅自己所加。据《鲁迅日记》："雨雪，日本京华堂主人小原荣次郎君买兰将东归，为赋一绝句，书以赠之。"小原荣次郎即诗题中所说的O.E.君，O.E.是罗马音译字Obara Ejero的缩写，鲁迅曾两次赠同一诗作予他。

　　小原荣次郎在中国的十余年间，对兰草颇有研究，曾出版《兰华谱》，被誉为"兰花博士"。据郭沫若《海涛集·跨着东海》："小原荣次郎，是内山完造的一位很好的朋友。他开了一座商店，就在日本桥警察局的对面，叫京华堂，贩卖些中国杂货和中国的兰草。他早年和内山老板一样，也在中国境内做过小贩。他是在东京与上海之间时来时往的（鲁迅的《集外集》里面有一首《送O.E.君携兰归国》的诗，便是这个人了）。鲁迅送他的这首诗，他很珍视。"据说，他还亲自将这首赠诗装裱成巨大的条幅，挂在自己的书店，二人间的情谊可见一斑。另据鲁迅《为了忘却的纪念》："一九三一年的二月七日夜或八日晨，是我们的五个青年作家同时遇害的时候。"这可以作为本诗创作背景的补充。惜别友人本就心情黯然，再加上国民党大肆逮捕屠杀柔石等革命作家，这让鲁迅情感极为复杂。小原荣次郎的一生与兰花颇有渊源，中国向来又有以兰花喻君子的传统，鲁迅便顺势联想到处在水深火热中的战友们，诗作由此铺陈开来。

〔注释〕

①椒焚桂折：屈原《离骚》："杂申椒与菌桂兮，岂惟纫夫蕙茝。"据蒋骥《山带阁注楚辞》："椒桂皆辛物，喻直节也。"这里指国民党残忍杀害的柔石等革命者。

②佳人：向子湮《浣溪沙·兰花》中有"空谷佳人宜做伴，贵游公子不能招，小窗相对诵离骚。"关于"佳人"的说法众说纷纭，此处认为既指兰花也指有气节的人。

③老：凋谢，如《古诗十九首》："思君令人老。"这里指有才有德之人在当时的政治环境下空有抱负却无所作为。

④幽岩：这里指兰花生长在幽谷间。《琴操》："《猗兰操》，孔子所作。孔子……过幽谷之中，见香兰独茂。"又曹植《洛神赋》有"微幽兰之芳蔼兮"之句。

⑤素心：既指素心兰，也指个人志向。如李白《赠从弟南平太守之遥》："素心爱美酒。"又李商隐《有感》："素心虽未易。"

⑥芳馨：兰花散发出的馨香。据《楚辞·九歌·山鬼》："被石兰兮带杜衡，折芳馨兮遗所思。"

⑦遗：赠予。

⑧远者：远来之人，特指诗题中的O.E.君小原荣次郎。

⑨故乡：以家乡代指中国。

⑩如醉：屈原《渔父》："举世皆浊我独清，众人皆醉我独醒。"这里用以代指国内风雨飘摇的黑暗政治环境。

⑪荆榛：同年2月18日，鲁迅在致李秉中的信中说："生丁此时此地，真如处荆棘中。"此处指人民生活在荆棘丛般的社会里。如曹植《归思赋》："城邑寂以空虚，草木秽而荆榛。"又元好问《续小娘歌》："伤心此日河平路，千里荆榛不见人。"

〔评点〕

这既是一首赠别诗、咏物诗，还是一首寄寓着诗人悲愤情感的抒情诗。

首句以"兰"恶劣的生存环境喻革命群众的被残害，遣词命意均源自古人。"椒""桂"皆为香木，"佳人"犹言美人，而"焚""折"则是令人感到痛心的字眼。鲁迅曾说："我目睹许多青年的血，层层淤积起来，将我埋得不能呼吸。"（《为了忘却的纪念》）首句因此而发。第二句承上启下，语同《楚辞·涉江》"哀吾生之无乐兮，幽独处乎山中"。"兰"以"素心"者为贵，它"独托幽岩"，放其"素心"之花，犹言革命群众不受外在环境影响，永葆赤诚之心。三、四句托"兰"言志，诗人不惜以"芳馨"遗友人，只因"故乡如醉有荆榛"。值得注意的是，最后一句与首句呈现出一种呼应关系，进一步言说了国内黑暗的政治现状。

王尔龄在《鲁迅〈送O.E.君携兰归国〉试释》中，谓该诗"字字熨妥，句句深切，足以风范当世，足以启发后人"。全诗虽未着一"兰"字，却又句句围绕"兰"展开，字里行间流露出诗人对革命战士高尚节操的称颂。古代诗歌中不乏托物言志之作，以香草芳木喻有节操的人更是《离骚》以来就有的传统。然而诗人并未落入俗套，他写其事而不拘其意，善翻古人之意而又自成高格，在虚实结合中寓意双关地反映了重要的政治内容，并寄托着他的贞美怀抱。

惯于长夜

惯于长夜过春时，挈妇将雏①鬓有丝。

梦里依稀慈母泪②，城头变幻大王旗③。

忍看朋辈④成新鬼⑤，怒向刀丛觅小诗。

吟罢低眉无写处⑥，月光如水照缁衣⑦。

〔题解〕

　　本诗作于 1931 年 2 月，见于《南腔北调集·为了忘却的纪念》，原无标题，最初随《为了忘却的纪念》一文发表于《现代》第 2 卷第 6 期。1932 年 7 月 11 日《鲁迅日记》载："又书一小幅录去年旧作云：惯于长夜过春时……"日记中"忍看"作"眼看"；"刀丛"作"刀边"。这里取首句四字"惯于长夜"做题。1933 年 2 月，鲁迅在《为了忘却的纪念》一文中具体说到写作此诗的经过，并将此诗写入，因而也有取此文题目作为诗题的。这首诗的创作正值蒋介石政府实行残酷的文化"围剿"时期，鲁迅等革命作家的人身安全受到极大威胁，李伟森、柔石、胡也频、冯铿、殷夫等已被秘密杀害。针对这种情况，鲁迅在《二心集·中国无产阶级和革命文学的血》中写道："统治者也知道走狗的文人不能抵挡无产阶级革命文学，于是一面禁止书报，封闭书店，颁布恶出版法，通缉著作家，一面用最末的手段，将左翼作家逮捕、拘禁，秘密处以死刑。"但鲁迅在写这首诗的时候并不知道友人的死活，所以这是一首怀念友人而非悼念友人的诗。

〔注释〕

①挈妇将雏：带着妻子和孩子。据《鲁迅日记》1931年1月20日："下午偕广平携海婴并许媪移居花园庄。"又2月28日："午后三人仍回旧寓。"这次鲁迅全家避居日本人开设的花园庄公寓39天。

②慈母泪：指鲁迅的母亲为儿子的安全担心。鲁迅1931年2月4日《致李秉中》信："飞短流长之徒，因盛传我已被捕……老母饮泣，挚友惊心。"

③大王旗："大王"是过去对打家劫舍强盗的称呼，此处指当时取得政权的头子。"大王旗"是夺取政权的象征。本句暗指因南京国民政府和各地方实力派军阀之间的矛盾冲突，而爆发的战争所导致的政权更迭。如1929年爆发的蒋（介石）桂（广西李宗仁、白崇禧）战争。

④朋辈：指李伟森、柔石、胡也频、殷夫等左翼作家。他们在1931年2月7日，被国民党反动派杀害于上海龙华警备司令部。

⑤新鬼：出自《左传·文公二年》："吾见新鬼大，故鬼小。"

⑥无写处：《南腔北调集·为了忘却的纪念》："但末二句，后来不确了，我终于将这写给了一个日本的歌人。可是在中国，那时是确无写处的，禁锢的比罐头还严密。"

⑦缁衣：色黑曰缁，黑衣。许寿裳《亡友鲁迅印象记》中说，鲁迅当时身上穿了一件黑色袍子。

〔评点〕

　　这首诗是鲁迅前期旧诗中传诵度较高的一首，也是鲁迅所有旧体诗中较为重要的一首，它在鲁迅整个思想发展史和中国革命文学发展史上都有着重大意义。

　　首联实写当时恶劣的政治环境和自己落魄的遭际。诗人处在漫漫长夜中，过着"挈妇将雏"，辗转流离的生活，两鬓都生出了白发。其中，"惯于"写出了所受迫害之多，"长夜"实中有虚，既指黑夜又暗喻恶劣的政治环境。"梦里依稀慈母泪"继续写实，写出了母亲对自己的担忧，具有普遍意义。"城头变幻大王旗"是叙政权之更迭，在诗人看来，无论哪一派取得了统治权，民众的生活都不会得到改变。颔联直抒胸臆，诗人预感战友们将沦为统治者刀斧下的亡魂，因而用"怒向刀丛觅小诗"来宣泄自身的愤怒。从"忍"到"怒"，可谓一字寄万言，它深沉、有力地表达了诗人的爱憎，诗人"拔剑起舞，叱咤不平"的形象恍然目前。最后一联意境由高昂转为低沉，韵味无穷。诗人意识到自己在黑暗的社会现实面前是无能为力的，因而发出"吟罢低眉无写处"的感慨。"月光如水照缁衣"写出了诗人平静的心态，这平静中寄寓着诗人对革命前途的期望。

　　虽然是一首政治性很强的诗，却不同于一般的政治讽刺诗，而是写得回婉曲折。通篇看似写实，却又不能看得太实，每句都能做出很多引申。除了虚实拿捏得恰到好处之外，鲁迅对情感的把握才是这首诗的最精彩之处，他会在平铺直叙中突然笔锋一转，直抒胸臆；也会突然收缩势不可挡的情感，以退为进。此外，全诗运用了大量的暗喻和感情色彩分明的词语，意蕴深厚，让人回味无穷。

郭沫若在《由日本回来了》中说，它"大有唐人风韵，哀切动人，可称绝唱"。许寿裳在《亡友鲁迅印象记》中评价道："全诗真切哀痛，为人们所传诵。"臧克家在《鲁迅对诗歌的贡献》中称："不论内容和表现方法都是杰出的，它反映出一幅黑暗的地狱图，表达了一个伟大战士的真实的心情。"这些评价可以进一步加深我们对这首诗的理解。

赠日本歌人

春江①好景依然在，远国征人②此际行。
莫向遥天③望歌舞，西游演了是封神④。

〔题解〕

　　这首诗创作于1931年3月5日，《鲁迅诗稿》题"辛未三月送升屋治三郎兄东归"，初次发表于1934年7月20日的《人间世》第8期，诗题是收入《集外集》时所加。关于此诗的受赠人向来存有争议，但一般都认为是升屋治三郎。升屋治三郎原名菅原英次郎，是日本著名的剧评家，对中国戏剧尤其京戏颇有研究，发表过《戏剧协社与南国剧社》等研究性作品。他来到中国后寓居上海，与鲁迅及当时中国的剧作名家田汉、欧阳予倩等交好。与其他几首赠别日本友人的诗作一样，该诗的创作环境也极为恶劣，鲁迅为躲避国民党的"围剿"避居花园庄39天，在回家后第5天写下了这首诗。当时的中国，统治阶级内部争权夺势、军阀混战，百姓惶惶不可终日。反映在文化上，一些庸俗、落后的剧作充斥着舞台，禁锢着人们的思想，而以"南国社"等为代表的进步剧团更是惨遭"围剿"，永无出头之日。鲁迅将友人职业与当时的文化环境联系起来，作诗一首，以示赠别。

〔注释〕

①春江：上海黄浦江，代指上海。据说黄浦江为战国春申君
　　所开，又称春申江，简称春江。周振甫等人进一步认为这
　　里是借张若虚《春江花月夜》"春江潮水连海平，海上明
　　月共潮生"句来赞美春江，以乐景写哀情，以示赠别。

②征人：特指升屋治三郎。

③遥天：指中国剧坛。

④西游演了是封神：当时舞台戏院频频上演以《西游记》和
　　《封神演义》为蓝本的改编剧目，这里代指一切充斥着封
　　建迷信及色情的庸俗剧目。郑心伶还将这句诗与时局联
　　系起来，以剧中的鬼魅妖怪代指黑暗政治环境中的乱舞
　　群魔。

〔评点〕

　　按照张恩和的说法，对这首诗一般存在着两种不同的解释：
"一些人认为这首诗看来明白晓畅，但用的手法却是暗喻反讽，
应该透过字面寻求更深含义；另一些人则认为这首诗用的都是写
实手法，并无暗指或影射，即便所含深意，也是蕴于诗句本身，
而不用引申发挥。"取更深含义者认为这是一首影射政治的诗，
专注本意者则认为这只是对当时戏剧界乌烟瘴气现状的不满。也
有论者认为二者兼而有之。

　　而今我们视《西游记》《封神演义》等为传统文化之精华，
回头看这首诗，鲁迅对待传统文化的态度似乎有些不妥。但事实
上，鲁迅并无全盘否定传统经典的意图，他只是对当时极度偏离
原著、大肆传播封建迷信及色情的戏剧表演甚为反感；对能够促

使人们思想进步的新剧种无法传播深表担忧。这其中多少暗含了鲁迅对特定时代统治阶级及其文化政策的不满，但这丝毫不妨碍这首赠别诗的现实意义。新时期的剧作模式更是热衷于偏离原著，喜欢在边边角角上下工夫，致使历史不像历史，传说不像传说，这种现象俨然鲁迅指斥现象之翻版。区别只在于，一者根源于外在的政治环境，一者根源于创作者自身，后者似乎更应引发我们的警惕。

在艺术上，这首诗虽然语言略显直白，没有运用过多的修辞，但却匠心独运，字字珠玑。鲁迅也没有沉溺于惜别与哀伤的情感之中，而是以乐景写哀情，在赠别友人的同时传达出对社会现实的深刻思考。

无　题

大野①多钩棘②，长天③列战云④。

几家春袅袅⑤，万籁⑥静愔愔⑦。

下土⑧惟秦醉⑨，中流⑩辍越吟⑪。

风波一浩荡，花树已萧森。⑫

〔题解〕

　　据1931年3月5日《鲁迅日记》："午后为升屋、松藻、松元各书自作一幅，文录于后……"鲁迅赠升屋和松元的诗作分别为《送日本歌人》和《湘灵歌》，这首诗是为松藻所作，并与《送O.E.君携兰归国》和《湘灵歌》同时发表于1931年《文艺新闻》第22期，后收入《集外集》。松藻全名为片山松藻，幼年因贫困多病为鲁迅好友内山完造收养，后与其弟内山嘉吉完婚。至于该诗创作的政治背景，可以借助《送O.E.君携兰归国》等同一时期发表的诗作来加以理解，也可以透过《中国无产阶级革命文学和前驱的血》及《黑暗中国的文艺界的现状》等鲁迅杂文窥知一二。1930—1931年，以蒋介石为首的国民党在与共产党合作中途叛变革命，对革命作家发起一轮又一轮的"围剿"，这其中就包括对当时革命性、进步性的文化活动进行残酷镇压。在极端恶劣的政治环境下，作为"左联"领军人物的鲁迅，毅然站在革命的风口浪尖上，以纸笔为武器与反动派作坚决的斗争。

〔注释〕

①大野：本意指原野，代指中国。李贺《秋凉诗》："大野生素空，天地旷肃杀。"

②钩棘：指带刺的小灌木，也指兵器。《左传·隐公十一年》："子都拔棘以逐之。"这里的棘即通戟。

③长天：广袤的天空。

④战云：指二次国内革命战争时期国内阴云笼罩，国民党多次对中共苏区发动"围剿"。陆游《焉耆行》："汉家诏用李轻车，万丈战云来压垒。"

⑤袅袅："袅"通"嫋"，意为纤细柔弱，摇曳多姿。《楚辞·九歌·湘夫人》："嫋嫋兮秋风，洞庭波兮木叶下。"

⑥万籁：一切声音。常建《题破山寺后禅院》："万籁此都寂，但余钟磬音。"

⑦愔愔：安静的样子，状国民党统治下沉寂黑暗的政治环境。柳恽《长门怨》："玉壶夜愔愔，应门重且深。"

⑧下土：中国。《离骚》："夫唯圣哲以茂行兮，苟得用此下土。"

⑨惟秦醉：张衡《西京赋》："昔者大帝说秦穆公而觐之，飨以钧天广乐，帝有醉焉。"大意是说天帝喝醉了酒误把秦国土地交给了施行暴政的秦穆公，致使民不聊生。此处当为一语双关，因为鲁迅所处时代，政权同样落到了施行暴政的蒋介石手里。此外，张恩和认为"秦醉"是指中国这块地方昏天黑地，不死不活；黄鸣岐在《鲁迅的诗》中将"惟秦醉"与"辍越吟"联系起来，认为是指动摇的知识分子。

⑩中流：河流中间，指国共两党合作中途。《史记·周本纪》："武王渡河，中流，白鱼跃入王舟中。"张紫晨认为"中流"是指长江中流，那一带不仅是古时的越地，而且南京、上海等中下游城市更是国民党反动政权的中心。

⑪辍越吟：这是说以蒋介石为首的国民党政权脱离根本，背叛革命。据《史记·陈轸传》，陈轸前往楚国，秦惠王问他是否会想念自己，陈轸于是援引庄舃故事以明心志。据说庄舃在故乡越国时只是一个不受重用的无名小卒，而到了楚国却得到赏识并官拜执珪（楚国最高爵位）。尽管如此，庄舃病中"犹尚越声"，对生养自己的祖国念念不忘。"辍越吟"即脱胎于"思越则越声，不思越则楚声"。此外，张向天认为"越吟"是复仇雪耻的歌；郑心伶说"越吟"是指国人在强权统治的重压下，早已不唱思念祖国之歌了；张自强则认为"越吟"专指刘向《说苑》里的《越人歌》。

⑫这两句是在化用李商隐《咸阳诗》中的"风波浩荡，花树萧森"。鲁迅巧妙地将诗句的并列关系转化成了因果关系。

〔评点〕

对这首诗的理解需尽量与鲁迅其他几首赠别友人的诗结合起来进行，因为这些诗大致都创作于同一时期，在思想指向上是一以贯之的。

鲁迅的这首《无题》诗，读来颇有杜诗气象，虽不能成史，却也有史的痕迹，俨然20世纪30年代初中国浮世之绘像，即使将其置于杜工部诗集中也丝毫不显突兀。鲁迅以史入诗，从时事观照历史，又由历史波及现实，表达了对当时社会现状的极度不满。只是较之杜甫，鲁迅的性格里多了几分戏谑和泼辣，这种性格使得他心极热而情极冷，在冷热交替中传达出沉郁的情感。

首联写中国的大地上闪耀着刀光剑影，弥漫着连天战云。紧接着作者发出感慨：偌大的中国一片肃杀萧索，有几人是真正活在和平静谧中呢？上天误把政权交给了以暴政治国的蒋介石政府，他们在国共合作中途叛变革命，把人民推到了水深火热之中。尾联对中国的前景表示了担忧：假使敌人再疯狂反扑，那祖国大好河山将是如何的萧森可怕啊！郑心伶对该诗思想上的评价较具代表性："这是一篇控诉书。全首以泼辣有力的笔触怒斥国民党反动派出卖祖国，绞杀革命的滔天罪行，写得激愤、深沉。"

在艺术上，张紫晨认为："这首《无题》诗，从整体到局部，从军事到文化层次分明，具有极大的概括力。全诗句句对仗，平仄相谐，既得唐人句意，又有感讽诗的特点。"此外，比兴及典故的巧妙运用也使得这首诗未落一般政治诗过于写实的俗套，通篇实则实之，虚则虚之，在虚实结合中收到了含蓄蕴藉的表现效果。

湘灵歌

昔闻湘水碧如染，今闻湘水胭脂痕。

湘灵妆成照湘水，皎如皓月窥彤云。

高丘①寂寞竦中夜，芳荃②零落③无余春。

鼓完瑶瑟④人不闻⑤，太平成象⑥盈秋门⑦。

〔题解〕

这首诗见于1931年3月5日的《鲁迅日记》，《鲁迅诗稿》署"辛未仲春偶作，奉应松元先生雅属"，受赠者片山松元时为上海日本女子学校教员。周振甫等人据此判断1931年3月5日为本诗的创作时间；张自强则认为这首诗初创于1930年9至10月间，为友人徐诗荃而作，1931年春改写。这里取前一种说法。1931年8月10日上海《文艺新闻》第22期以《鲁迅氏的悲愤——以旧诗寄怀》为题公开发表了此诗，仅注"送S.M.君"，与此诗一同发表的还有《送O.E.君携兰归国》及《无题（大野多钩棘)》。编者按语说："闻寓沪日人，时有向鲁迅求讨墨迹以作纪念者，氏因情难推却，多写现成诗句酬之以了事。兹从日人方面，录得氏所作三首如下；并闻此系作于'长沙事件'后及闻柔石等死耗时，故语多悲愤云。"当时蒋介石发动第二次反革命"围剿"，继续施行"白色恐怖"政策，以李立三为代表的左倾机会主义者占据中共领导地位后，因为对革命形势的错误判断，致使数十万红军惨遭屠戮，杨开慧也未能幸免。这一国民党反动派残酷屠杀革命力量的流血事件史称"长沙事件"。据周振甫分析，所录三首诗作唯此诗与"长沙事件"有关，这可以作为理解本诗的一个重要切入点。1934年7月12日上海《人间世》将此诗命题《湘灵歌》，诗题中的"湘灵"即湘江女神，《后汉书·马融传》注："湘灵，舜妃，溺于湘水，为湘夫人也"。诗作辑入《集外集》时，"碧于染"改为"碧如染"；"素月"改为"皓月"；"苓落"改为"零落"。

〔注释〕

①高丘：以楚国的山名代楚国（今湖南、湖北一带）。屈原《离骚》："忽反顾以流涕兮，哀高丘之无女。"通常认为这里是以"高丘"指称中国；张恩和认为是在用"高丘"喻贤良才德之人。

②芳荃：一般指君子，这里当指革命志士。屈原《离骚》："荃不揆余之衷情兮。"王逸注："荃，香草，以喻君也。"又沈约有诗句曰："忘归属兰杜，怀绿寄芳荃。"

③零落：枯萎凋落。屈原《离骚》"惟草木之零落兮"，王逸注："零落，皆堕也。草曰零，木曰落。"

④瑶瑟：湘灵所弹之瑟。《楚辞·远游》："使湘灵鼓瑟兮，令海若舞冯夷。"

⑤人不闻：唐朝钱起《湘灵鼓瑟》："流水传湘浦，悲风过洞庭。曲终人不见，江上数峰青。""人不闻"似在化用诗中的"人不见"。

⑥太平成象：《资治通鉴·唐纪六十》，大和六年（832）：唐

文宗问宰相牛僧孺：“天下何时当太平？”牛僧孺曰：“太平无象。近四夷不至交侵，百姓不至流散，虽非至理，亦谓小康。”牛僧孺对唐文宗所求“太平”表达了自己的看法，在他看来，当时的社会虽然没有达到极盛，但至少人世无虞，年岁尚丰，也可以算作“太平”了。此处是对当时政府粉饰太平的行为进行反讽。

⑦秋门：古代京城的正西门叫延秋门，又称白门，这里代指当时的中央政府所在地南京。《资治通鉴》胡三省注：“白门，建康城（南京）西门也。西方色白，故以为称。”

〔评点〕

关于《湘灵歌》的主题，历来有着不同的见解：如张恩和等人认为这首诗表达了作者对国民政府黑暗统治的强烈控诉，尤其是对“长沙事件”的无限悲愤，并借此缅怀柔石、杨开慧等革命烈士；张向天认为这是一首悼民伤时之作，是作者在为无辜惨死的百姓鸣冤；周振甫则认为这是作者对红军革命根据地赤色景象的欢庆和歌颂；郑心伶却主张《湘灵歌》既非颂歌也非悲歌，而是激愤之歌，鲁迅希望活在血泊中的民众能够不断觉醒，并早日向反动派发起猛攻……

首联状昔日之湘水“碧如染”，今日之湘水却有胭脂般的血色。颔联写湘灵窥妆，透过被鲜血染红的湘水，她看到的是“彤云”密布的凄惨景象，一个“窥”字将其皎如皓月般的惨白面容勾勒无遗。而分歧在于有人将这两联中的“胭脂痕”“彤云”等看作是对湘赣边界欣欣向荣的红色政权的形容，认为是革命使天空改颜，使江水变色。较之歌咏一说，全诗的整体基调更偏悲愤，因而这里更倾向于持前一种观点。颈联中的"高丘寂寞"与"芳荃零落"一般认为是在指代"长沙事件"中受迫害的杨开慧等革命烈士，"竦中夜"和"无余春"则极言当时政治环境之恶劣，黑暗统治如漫漫长夜，举目春光寥寥。尾联前半句化用唐朝钱起诗句，意思是说湘灵通过瑶瑟传播人民悲愤怨恨之声，但统治者对此充耳不闻；尾联后半句借用典故进一步讽刺国民党粉饰太平、掩饰罪行、弄虚作假的无耻行径。周振甫认为，颈尾两联所言白色统治区之乱象与前两联红色根据地之欢欣形成了一种对照，作者通过强烈的对比来表现前一部分的光明皎洁和后一部分的寂寞荒凉。此说可作参考。

在艺术上，这首诗采用浪漫主义和现实主义交相辉映的手法，以生动的形象、精练的语言、深沉的笔触、鲜明的对比、巧妙的象征、谨严的结构、辛辣的文风将写景、叙事、抒情完美地结合在一起。传说与现实的完美糅合，典型环境对典型人物的成功烘托也是本诗的一大特色。

无题二首(其一)

大江^①日夜向东流，聚义群雄^②又远游^③。
六代^④绮罗^⑤成旧梦，石头城^⑥上月如钩。

〔题解〕

据 1931 年 6 月 14 日《鲁迅日记》："为宫崎龙介君书一幅云：'大江日夜向东流……'"《鲁迅诗稿》文字与日记有一定出入，如"群雄"作"英雄"，所选版本从《鲁迅日记》。后该诗与另一首无题诗一同被许广平收入《集外集拾遗》，1958 年《鲁迅全集》改入《集外集》。

该诗创作期间，国民党内部派系斗争日趋白热化，蒋介石、胡汉民为争夺大权发生公开冲突，全国各地开始组建以广东、广西两派为代表的反蒋同盟，国内一片混乱。日记中所提宫崎龙介是日本律师，一生致力于中日青年友好事业，并与孙中山、李大钊等人有过交往，后在内山完造介绍下认识鲁迅。在此之前，鲁迅与宫崎龙介的叔父宫崎寅藏亦时有往来。

据周作人介绍，鲁迅曾于 1906 年秋冬之交亲自登门造访宫崎寅藏。宫崎寅藏号白浪庵滔天，为中华民国之功臣。其夫人津知在《中国革命的回忆》（连载于《东京每夕新闻》）中说："滔天有志于中国革命，我记得是从明治二十年（1887）开始的。当时滔天和他的哥哥弥藏，认为要改变不合理的世界现状，首先要在中国实行革命，然后用这个力量去改造一个理想世界，这是最自然的，也是最可能实现的。"为此他辗转各地筹措革命资金，并在陈少白的介绍下与孙中山相识，踏上革命征程。1900年惠州起义失败后作《三十三年落花梦》，孙中山在序言中对他有着极高的评价："宫崎寅藏君者，今之侠客也。识见高远，抱负不凡，具怀仁慕义之心，发拯危扶害之志……闻吾人有再造支那之谋，创兴共和之举，不远千里相来订交，期许甚深……"

〔注释〕

①大江：这里指长江。如谢朓《暂使下都夜发新林至京邑赠西府同僚》就有"大江流日夜"的表达。。

②聚义群雄：古时绿林好汉打家劫舍、起义造反的行径被称为聚义，如《水浒传》群雄聚义梁山。这里是说国民党各派系军阀相互勾结。张恩和认为"聚义英雄"是指远道而来的宫崎龙介夫妇，还有部分人认为"聚义英雄"是指国共合作中处于劣势地位的共产党人，这里均不予采纳。

③远游：当时失势的当政者纷纷远离南京，谋求新的出路。影响较大的两次是：1930年9月，汪精卫、阎锡山等人在北平策划成立国民政府；1931年5月汪精卫、孙科等人又在广州策划成立国民政府。这两次离开南京的"远游"都是国民党内部争权夺势的结果，他们想建立新的政权以期与蒋介石的南京国民政府相对抗。

④六代：南京又被称作"六朝古都"，吴、东晋、宋、齐、梁、陈都曾建都于此。

⑤绮罗：繁华之意。李商隐《咸阳》："咸阳宫阙郁嵯峨，

六国楼台艳绮罗。"

⑥石头城：南京的代称，旧址位于今南京市西石头山后。

〔评点〕

　　一般都认为鲁迅是想通过此诗表现当时南京国民政府分崩离析的景象，并对他们争权夺利的丑态进行揭露。

　　首句日夜东流的大江象征着某种不可遏制的趋势：渴求进步的革命洪流滚滚向前，反动政府在这种势力冲击下必然江河日下，日暮穷途。此外，赵瑞蕻在《所思美人不可见》中，说诗人是在"借景起兴"；张恩和从苏轼"大江东去浪淘尽"入手认为，此句是在单纯表达诗人对时间流逝的感慨。第二句是争议较大的一句，争议的焦点集中在对"聚义群雄"的解释上。此前，鲁迅曾用"杀人的英雄"、"卖国"的"英雄"来形容以暴政治天下的蒋介石，因而此处的"聚义群雄"当是用反语指称国民党当局。在相互争斗的过程中，那些失势的军阀、政客们就只好落得"远游"的下场。一个"又"字点出了"远游"行为的反复性，比如他们曾经在北平召开扩大会议，策划成立国民政府，后又谋划在广州成立国民政府，以期与南京国民政府抗衡。最后两句慨叹南京城昔日繁华的景象已成过眼云烟，空留残败颓唐。究竟是什么原因导致这样的结果也就不言而喻了。

　　张紫晨认为："这首诗从'大江日夜向东流'入笔，调子悠缓，境界凄凉，从画面上看，没有明显的激愤，然而讽刺的笔锋却是深刻强烈的。"这一评价是较为中肯的。

无题二首(其二)

雨花台①边埋断戟②，莫愁湖③里余微波。
所思美人④不可见，归忆江天发浩歌⑤。

〔题解〕

　　关于本诗的创作背景参考前作。据1931年6月14日《鲁迅日记》："……又为白莲女士书一幅云："雨花台边埋断戟……'"作家白莲原名柳原烨子，是宫崎龙介的妻子，在日本以"热情的歌人"著称。1931年二人一同来华旅行，受二人之邀，鲁迅题诗两首作赠。白莲女士与宫崎龙介是夫妻关系，而宫崎龙介又是中华民国开国功臣宫崎寅藏的侄儿，因而我们在理解这首诗的时候既要结合前作，还要考虑到它与孙中山和中国革命的关系。

〔注释〕

　　①雨花台：又称石子岗，地处南京市南中华门聚宝山。传说梁朝高僧云光法师曾讲经此山南天龙寺，天上落花如雨，雨花台由此得名。

　　②埋断戟：语出杜牧《赤壁》："折戟沉沙铁未销，自将磨洗认前朝。"郑心伶认为"埋断戟"是"写革命烈士忠骨虽埋而壮志未消"；周振甫认为是指埋藏着反动派杀人的凶器。这里认为是象征辛亥革命在南京发生时的情况。

③莫愁湖：地处南京水西门外，因六朝善歌女子卢莫愁而
　　得名。

④美人：屈原常以"美人"喻贤德或理想之人，此处当指孙
　　中山。如《楚辞·九章·思美人》："思美人兮，揽涕而伫
　　眙。"

⑤浩歌：放歌、高歌。《楚辞·九歌·少司命》："望美人兮
　　未来，临风恍兮浩歌。"

〔评点〕

　　对这首诗的理解一般是与前作结合起来进行的。周振甫就从
"忆"字着手判定这首诗是写过去的南京，并分析《无题（大江
日夜向东流）》是在写当时的南京。他认为鲁迅在今昔对比中，
完成了对国民政府反革命行径的鞭挞。倪墨炎也把两首诗结合起
来进行了分析，认为鲁迅是"拿雨花台和莫愁湖这两处具有代表
性的名胜古迹的衰败，来具体而微地说明'六代绮罗成旧梦'，
进一步描绘南京一片荒凉的景象"。在具体诗句的理解上，或是
认为"雨花台边埋断戟"一句是在揭露反动派残杀革命志士的滔
天罪行；或是认为那里埋藏着反动派用以杀人的武器。而对于
"莫愁湖里余微波"的解释更是众说纷纭，天津师院中文系编写
的《鲁迅诗歌选》认为这句是在言说革命精神像湖中荡漾的水波
一样永垂不朽；张恩和认为这是在象征殉国烈士的风流遗泽；曹
礼吾则称"余微波，言国民党余息仅存而已"。这些不同的观点
也进一步导致了对下句中"美人"理解的分歧。

　　这些阐释都不无道理，但考虑到受赠者与孙中山的关系，对
这首无题诗的解释当作如是观：前两句说的是辛亥革命时期江浙

新军攻打南京雨花台一役。千万革命志士抛头颅洒热血换来的革命果实最终变成了一纸空文，空留莫愁湖边题有孙中山"建国成仁"大字的石碑。"余微波"可以理解成在反革命摧残下奄奄一息的革命精神。按照这一逻辑，对下句中"美人"的解释就显得顺理成章了。鲁迅由宫崎龙介与白莲女士的到访回忆起他们的叔父宫崎寅藏，进而联想到他一生为之奋斗的革命事业，并最终追溯到这场革命的领导者孙中山先生。但先人逝去，已"不可见"，面对黑暗的社会现实，作者唯有望天长叹。倪墨炎等人认为这里的"美人"不应过于坐实，当指一切革命者，这一解释事实上也潜在地把孙中山等革命先贤囊括在内了。

整体看来，这首诗感情浓烈，在含蓄中暗含深沉的激愤，富有象征和比喻意义的用典，也使全诗情感更为厚重，读来让人浮想联翩。

送增田涉君归国

扶桑^①正是秋光好，枫叶如丹照嫩寒^②。
却折垂杨^③送归客，心随东棹^④忆华年^⑤。

〔**题解**〕

1931年12月2日《鲁迅日记》："作送增田涉君归国诗一首并写讫，诗云：'扶桑正是秋光好……'"诗题中的增田涉君是日本著名的中国文学研究者，1931年初来到上海，经内山完造的介绍与鲁迅相识，并带着疑问请鲁迅讲解自己的《呐喊》《彷徨》等著作。他还按照鲁迅的口述精确地翻译了《中国小说史略》。

鲁迅在《〈中国小说史略〉日本译本序》中对当时的情形做了回忆："大约四五年前罢，增田涉君每天到寓斋来商量这一本书，有时也纵谈当时文坛的情形，很为愉快。"1976年，增田涉自己也回忆说："从这时起，我几乎每天下午都到鲁迅家里。鲁迅和我并坐在书桌前，给我讲解《中国小说史略》。我用日语逐字逐句地译读，遇到疑难问题译不下去时，鲁迅就用熟练的日语给我讲解和解答……"又"（鲁迅）总是耐心详细地解答，对一人一事的来历，一字一句的含义，都详加注释，有时还绘图示意，即使在病重时也一丝不苟"。许寿裳《亡友鲁迅印象记》还对此事做了进一步的补充，他说鲁迅的讲解过程"每日约费三小时，如是者好几个月。回国后，（增田涉）即整理笔记，开始翻译，有疑难时，则复以通讯请益，凡二年而始脱稿"。九个月间，二人还在一起看电影、看画展、吃饭、喝酒等。从这些平常的交往中，我们可以感受到他们之间的真挚友情，这也是我们理解本诗的重要背景。增田涉归国后还著有《中国文学史研究》《鲁迅的印象》《鲁迅传》《鲁迅梦话》等，对鲁迅著作在日本的传播贡献颇多。

〔注释〕

①扶桑：传说是生于日本的一种神树，这里指代日本。《山海经·海外东经》："汤谷上有扶桑，十日所浴。"又《淮南子·天文训》："日出于旸谷，浴于咸池，拂于扶桑，爰始将行，是为朏明。"《南史·东夷传》："扶桑国在大汉东二万余里，地在中国之东，其土多扶桑木，故以名。"

②嫩寒：初寒、微寒。朱淑真《菩萨蛮》："湿云不动溪桥冷，嫩寒初透东风影。"

③折垂杨：古代中国亲友远行常折杨柳以示惜别。《诗经》中已有"昔我往矣，杨柳依依"的表达，又佚名《三辅黄图》："灞桥在长安东，跨水作桥，汉人送客至此桥，折柳赠别。"故后世形成了"上马不着鞭，反折杨柳枝"的传统。

④东棹："棹"即船桨，意为东去日本的船。

⑤华年：美好的年华，一般指青年时代。李商隐《锦瑟》："锦瑟无端五十弦，一弦一柱思华年。"鲁迅1902年赴日留学，在日本待了七年，正值风华正茂。而立之年的增田涉正好与当时的鲁迅年龄相仿，不由得引发作者的感慨。

〔评点〕

不同于其他几首赠别日本友人的诗作，这首诗没有流露出鲁迅过多的政治情感，也没有指涉过多的社会内容，只是一首纯粹止于友情的送别诗。

开头两句不从眼前景色出发，而是直接跳跃到远隔万里的日本，勾勒出了一幅"枫叶如丹"的日本秋景图，在以乐衬哀的同时也舒缓了氛围。第三句的折杨柳送别本为传统，但鲁迅着一"却"字就把那种无可奈何、不忍离别的心境表现出来了。最后一句虽看似简单却包藏了作者极为复杂的心绪。增田涉在《鲁迅梦话》中援引此诗时解释道："1909 年，二十九岁时离开日本，鲁迅再没有踏上日本的土地。这首诗的末句'心随东棹忆华年'，流露出他对年轻时的日本天地的怀念之情。"张恩和不禁反问："这一句诗，是否也是鲁迅要增田涉回到日本后代他去寻访昔日青春的梦和脚迹？"概括来说，鲁迅在这首诗里把昔日的自己和现在的增田涉做了巧妙的嫁接，并把过去和现在、中国和日本、情感和景色完美地糅合在了一起。

这首诗在写法上尤其值得注意。周振甫认为，《送增田涉君归国》诗情的产生与诗的表达方法刚好相反。比如，从诗情的产生来看，这首诗"是由增田涉的华年归国，引起自己的'心随东棹忆华年'，想到自己华年东渡留学，想到扶桑的秋光"；而以诗的表达方法来看，却是"先说扶桑秋光，再说送客，再说'心随东棹'，最后点明忆华年"。这一写作方式的好处就在于，它能够将作者的情感表达最大化，在正反的逆差中平添一倍哀乐。此外，"照嫩寒""却"等字的运用尤见功力，读来有浑然天成之感。

无　题

血沃①中原肥劲草②，寒凝③大地发春华④。
英雄⑤多故谋夫病⑥，泪洒崇陵⑦噪暮鸦⑧。

〔题解〕

　　1932 年 1 月 23 日《鲁迅日记》："午后为高良夫人写一小幅，句云：'血沃中原肥劲草……'"又"夜同广平往内山君寓晚饭，同座又有高良富子夫人"。日记中的高良富子时任东京女子大学教授，日本友合会秘书长，是日本著名的和平主义者，主张对华友好。1931 年，她赴印度请求甘地调节中日关系时途经上海，在内山完造的介绍下与鲁迅相识。这首诗是鲁迅收到高良女士《唐宋元明名画大观》之后的回赠，由内山完造寄送给她。但也有人认为这首诗并非专为她而作，只是在早已作好的情况下遇求而赠。当时的中国处于空前的危机，日本侵略者已确立全面侵华的路线和方针，但国民政府依然推行"攘外必先安内"的政策，将主要精力放置在党内派系斗争和对共产党人的"围剿"上。与此同时，三次反"围剿"的胜利也让红军越挫越勇，力量不断壮大。这首诗就是在这样的局势下写成的。该诗后来被许广平收入《集外集拾遗》。

〔注释〕

①血沃：言牺牲、流血极多。

②劲草：经受得住困难考验而志节不变的人。出自《东汉观记·王霸传》："上谓霸曰：'颍川从我者皆逝而子独留，始验疾风知劲草。"又《旧唐书·萧瑀传》转引李世民《赐萧瑀》诗，曰："疾风知劲草，板荡识诚臣。"

③寒凝：寒冷凝固。这里用来指代白色恐怖下的政治氛围。

④春华：春花。

⑤英雄：此处是用反语来指代国民党各派系的政客、军阀们。鲁迅此前也有过"聚义群雄又远游"的表达。

⑥谋夫病："谋夫"与"英雄"用法相似，当指反动政客。关于"谋夫病"，鲁迅在《"言词争执"歌》里曾讽刺道："展堂同志血压高，精卫先生糖尿病。"

⑦崇陵：特指中山陵。

⑧噪暮鸦：黄昏时群鸦聒噪时的景象，一般都认为是指国民党内部不同派系之间的争斗并暗示其前途暗淡。蜀僧远公《伤废国》也有"两朝帝业都成梦，陵树苍苍噪暮鸦"的表达。二者可以联系起来加以理解。

〔评点〕

这是一首知名度极高的诗作，它在热情歌颂革命力量不断发展壮大的同时，强烈控诉了国民政府屠杀革命志士的行径，并预言他们在分崩离析中必然走向灭亡的结局。

与"大野多钩棘，长天列战云"等从正面表现政治氛围之恶劣的诗作不同，这首诗从反面入手，通过写革命势力的浴火重生，来反衬统治者政治手段的残酷。所谓"野火烧不尽，春风吹又生"，尽管"血沃中原"，"寒凝大地"，寒风暴雨之后，终见"劲草"重发、"春华"繁茂。革命者的血不会白流，它会变成滋养土地的肥料帮助"劲草"茁壮成长；严寒终将过去，忍受过寒冬腊月的春花将会以更加烂漫的姿态迎接新春！鲁迅在《中国文坛上的鬼魅》中说："革命青年的血，却浇灌了革命文学的萌芽，在文学方面，倒比先前更其增加了革命性。"这段评价革命文学的话也适用于当时的社会革命。紧接着，诗人笔锋一转，把视线转移到了统治集团内部。按照张紫晨的说法，这首诗"一面是'压于大石之下的萌芽'发展壮大，一面却是反动派内部分崩离析，病散拆台"。周振甫还对后两句进行了结合时局的分析，他说，当时"广州和南京合组的政府虽然成立了，但蒋介石回奉化去了，汪精卫托病到了上海，所以说'英雄多故谋夫病'。行政院长孙科事事棘手，无法执行职务，被逼塌台，所以要到中山陵上去洒泪"。在诗人看来，不仅其争权夺利的行径像聒噪的暮鸦一样令人讨厌，他们的未来也会如这群黄昏的飞鸟一般日暮穷途。

郑心伶在总结该诗艺术特点时把它与一般的触景生情、因物起兴的作品区分开来，十分精当地指出："它是通过烘托、象征的手法，把歌颂、揭露巧妙地缀在一起，构成一幅诙谐而深邃的画面，沉郁、愤慨和赞美、激动兼而有之。同时，全诗有强烈的一正一反的对比，显得深刻有力，给人不可磨灭的印象。此外，还有一个特点是：字字比附，句句设喻，大比喻中夹小比喻，并在比喻中显示出深刻的哲理。"

偶　成

文章如土①欲何之，翘首东云②惹梦思。

所恨芳林寥落③甚，春兰秋菊④不同时。

〔题解〕

　　1932年3月31日《鲁迅日记》："……又为沈松泉书一幅云：'文章如土欲何之……'"沈松泉，浙江吴兴人，曾从事诗歌创作，与创造社过从甚密，代表作有《死灰》《少女与妇人》等。他曾创办光华书局，出版过鲁迅、郭沫若等人的著述及创造社、左联等组织的刊物，对传播革命进步思想做出过重要贡献。

　　沈松泉在《鲁迅先生逝世五十周年话往事》中回忆道："1930年下半年，有朋友劝我去日本暂时避风头，我接受了朋友的劝告，决定东渡日本。事前我和雪峰说起想请先生题几个字留作纪念，先生答应了。我请雪峰送去宣纸一张。我于1930年8月去日本，第二年'九一八'事变发生，我便回国，以后再没有去先生那里。到1932年4月初，雪峰给我送来了鲁迅先生题赠给我的一首诗。"当时正值国民政府反革命文化"围剿"的高峰期，他们通过残杀革命作家、捣毁书店、查封进步书刊等高压手段摧残左联。据许寿裳回忆，鲁迅屡易笔名，文章依然无处发表，即使发表了也逃脱不了被更改和删削的命运。而在左联内部，郭沫若领衔的创造社文人与鲁迅及昔日文学研究会作家之间的矛盾也没有从根本上得到化解。这首诗正是在这样一种境况下创作的，后被许广平收入《集外集拾遗》。

〔注释〕

①文章如土：指文章似泥土不值钱。1931 年 4 月 15 日，鲁迅在致李秉中的信中说："百物腾贵，弄笔者或杀或囚，书店多被封闭，文界子遗，有稿亦无卖处。"1932 年 3 月，鲁迅在躲避"一·二八"战火后重回旧寓，致信许寿裳时说家中什物多被小偷窃取，但"一切书籍，肖然俱存，且似未尝略一翻动，此固甚可喜，然亦足见文章之不值钱矣"。这些回忆性文字都从侧面说明了当时国民政府文禁之严厉。

②翘首东云："东云"指日本。"翘首东云"表达对日本的怀念。鲁迅 1931 年 2 月 18 致信李秉中时说："时亦有意，去此危邦，而眷念旧乡，仍不能决裾径去，野人怀土，小草恋山，亦可哀也。日本为旧游之地，水木明瑟，诚足怡心，然知之已稔，遂不甚向往。"

③芳林寥落：指国内文坛饱受摧残的现状。

④春兰秋菊：出自屈原《九歌·礼魂》："春兰兮秋菊，长无绝兮终古。"这里应是化用〔唐〕石贯《和主司王起诗》："绛帐青衿同日贵，春兰秋菊异时荣"之意。

〔评点〕

这首诗从整体上表现了鲁迅对国民政府文化统治的极度不满和对祖国的无限热爱。

前两句是说国内黑暗的文艺现状引发了诗人对留学日本的怀念，但对"所恨芳林寥落甚，春兰秋菊不同时"的理解一直存在分歧。周振甫、张恩和等人认为，"芳林寥落"是指曾经引领革命进步思潮的日本在军国主义统治下文化事业也已陷入低潮，鲁迅因此打消了去日本的念头；还有一种观点认为是指国内的情形，如倪墨炎就说，"芳林寥落"与"文章如土"是一种呼应，用以指代中国文坛的衰败。尽管从逻辑上看前一种说法更为合理，但以情感论之，作为革命斗士的鲁迅不会因为国内生存状况的恶劣而选择逃离，他对去往日本的向往事实上只是对国内现状好转的渴求。他对祖国爱之深，因而恨之切，心之所系依然是国内文坛横遭摧残这一事实。而在后一种观点内部，对"春兰秋菊"的理解也存在争议。临沂师专中文系编写的《鲁迅诗歌注析》认为"春兰""秋菊"分别指国内的新、老革命家；曹礼吾认为诗人是以"春兰秋菊"指代"日本普罗文学作品"；张自强结合受赠者与创造社的关系，认为诗人是在表达对郭沫若因远在日本不能归国与自己并肩作战，因内部分歧不能与自己戮力同心的惋惜。事实上，按时间规律盛开的"春兰""秋菊"也许更多传达的是作者对时过境迁，今昔境遇不同的感慨：中国文坛与过去完全两样了，自己现在的处境与去日本时也大不相同了！

郑心伶在分析该诗写作上的特色时说："首句浅出，末句紧收，中间贯以所'思'所'恨'，步步紧迫，惹人同感，引人共鸣。"信哉斯言。

赠蓬子

蓦地飞仙①降碧空，云车②双辋挈灵童③。
可怜蓬子非天子④，逃去逃来吸北风。

〔题解〕

1932年3月31日《鲁迅日记》："……又为蓬子书一幅云：'蓦地飞仙降碧空……'"《鲁迅全集》在此诗下注云："这诗是鲁迅应姚蓬子请求写字时即兴记事之作……"蓬子姓姚，原名梦生，曾加入共产党和左联，任文化界要职和多种刊物的编委，后被国民党捕获并叛变革命。鲁迅在致信萧军、萧红时说："蓬子的变化，我看是只因为他不愿意坐牢，其实他本来是一个浪漫性的人物。凡有智识分子，性质不好的多，尤其是所谓文学家，左翼兴盛的时候，以为是时髦，立刻"左倾"，待到压迫来了，他受不住，又即刻变化。"曹礼吾《鲁迅旧诗臆说》在谈及该诗时说道："'一·二八'之变，穆妻麦广德以家在战区，率其子投郁达夫，达夫以所居隘，避难者已多，嘱其访蓬子。蓬子方窘乏，无以赡也，则避而之它。"这段话交代了该诗的创作背景。据说"一·二八"战火期间，中国诗歌会发起人之一、创造社诗人穆木天在逃难中与妻子麦广德失散，麦广德在郁达夫的建议下，带着孩子去穆木天好友姚蓬子家避难。当时恰逢姚妻不在家，外界又疯传穆木天移情别恋，这让姚蓬子的处境很是尴尬。于是就有了麦广德四处寻找穆木天的趣事。鲁迅以调侃的方式将此事入诗，后被许广平辑入《集外集拾遗》。值得一提的是，穆木天也和姚蓬子一样在1934年走上了叛变革命的道路。

〔注释〕

① 飞仙：戏称穆木天妻子麦广德跑到姚家就像是天外飞仙一样突然。

② 云车：仙人所乘车子。《淮南子·原道训》："昔者冯夷大丙之御也，乘云车，入云蜺。"这里是指麦广德所乘交通工具。

③ 灵童：仙童，这里指穆木天与麦广德之子。"四人帮"成员姚文元曾对外界宣称"灵童"指的是自己，后人多认为是没有根据的；也有人说是姚蓬子带着儿子姚文元和另外一人去请鲁迅题诗，鲁迅作诗予以讽刺（参见韦汝《"四人帮"篡党夺权的野心和阴谋种种》；鲁歌《拼命往自己脸上贴金的"文痞"》），这一说法也未得到证实。

④ 天子：《穆天子传》中有关于周穆王去见仙人西王母的故事，传说中的"穆天子"之"穆""天"与"穆木天"之"穆""天"相同；又据1942年6月林辰《关于〈鲁迅诗集〉》："最近问蓬子先生，才知道所谓'天子'，是影射一位诗人的……'天子'又与这位诗人的姓相关，用得十分贴切。"所以大都认为此处是在影射穆木天，意思是说姚家并没有穆木天，姚蓬子也不是穆木天。

〔评点〕

一般认为，这首戏谑之作在游戏的笔墨间，无意中表现了"一·二八"战火给人们带来的灾难和诗人对广大人民的无限同情。而对该诗的具体理解却因主体认定的不同存在较大争议。

有人把该诗的主体看成是姚蓬子，比如张恩和就认为前两句虽然是在写麦广德，但却是透过姚蓬子的眼睛和心情来写的。按照张的说法，后两句"既表示姚氏非麦氏所要寻找之人，更显示姚缺乏神通，能力有限，不可能像穆那样来接待麦，安排麦的生活，自己反落得个'逃去逃来吸北风'"。南京大学中文系编写的《鲁迅诗注》认为这是以姚蓬子"逃去逃来吸北风"的辗转漂流与驾"云车"、挈"灵童"的达官显贵之出行作对比，以姚蓬子的穷苦经历入手传达鲁迅对不同阶级的爱憎。张向天、倪墨炎、张紫晨等大多数人，把该诗的主体看成是麦广德，并在此基础上对该诗做出了这样的解释：麦广德带着孩子，乘着两辆黄包车去姚蓬子家避难并寻找丈夫，可惜丈夫不在姚家，苦苦找寻的穆木天也非眼前的姚蓬子，于是麦广德只好在冰天雪地中迎着凛冽的北风继续寻找。据锡金在《鲁迅诗本事》中回忆，当时姚蓬子并未答应麦广德提出的暂住他家的请求，麦广德无奈只能四处奔走，因而这一理解是最为贴近实际的。

诗人以幽默的笔调把整个事件写得妙趣横生，使得具体情形恍若目前，姚蓬子、麦广德的形象亦清晰可见。全诗在嘲讽、幽默的背后还流露出了国破家亡、妻离子散的酸楚，可以说是以乐写哀的绝佳之作。

一·二八战后作

战云暂敛残春①在，重炮②清歌③两寂然。
我亦无诗送归棹④，但从心底祝平安。

〔题解〕

　　1932年7月11日《鲁迅日记》："午后为山本初枝女士书一笺，云：'战云暂敛残春在……'"山本初枝在同年8月归国后，又写了俳句"战火分离各东西，鲁迅无恙心欢喜"作为回报。山本初枝是日本进步诗人、和歌作者，一生崇尚和平，反对一切侵略行为。30年代初她以《主妇之友》记者的身份来到上海，经内山完造介绍与鲁迅相识，也是《鲁迅日记》中出现次数最多（120余次）的日本友人之一。该诗收入《集外集拾遗》时命诗题为《一·二八战后作》，也有选本以首句"战云暂敛残春在"作题的。"一·二八"即"一·二八战争"，又叫"淞沪战争"，是指1932年1月28日，日本在上海发动的侵华战争。战事以国民党政府与日军签订屈辱的《淞沪停战协议》作结。

　　事实上，这首诗的创作时间距"一·二八"事件已有半年之隔，但回想起来，仍让鲁迅心有余悸，如1932年3月20日致信许寿裳时说："此次事变，殊出意料之外，以致突陷火线中，血刃塞途，飞丸入室，真有命在旦夕之慨……入北四川路，则市廛家屋，或为火焚，或为炮毁，颇荒漠，行人亦复寥寥。"1932年

3月22日，鲁迅在致信李秉中时，也坦承战事对自己心理造成了巨大的冲击。这首诗就是在这样一种心境下写作完成的。

〔注释〕

①残春：暮春，这里指战事快要停歇的时候。周振甫还进一步认为"残春在"是化用了杜甫《春望》中"国破山河在"一句，用来表达战火毁了一切，只剩下"残春"。

②重炮：指战火纷飞时的枪炮声。

③清歌：曹植《洛神赋》："冯夷鸣鼓，女娲清歌。"这里应当是指市民在和平时期所吟唱的歌谣。此外还有其他几种不同的见解，这里留作参考：一说指反动派的陈词滥调；一说指战争爆发前的进步舆论；有人认为是指山本初枝女士；也有人认为是指山本初枝女士的清丽诗篇。

④归棹：指山本初枝女士归国去的船。

〔评点〕

这首赠别之作，明白晓畅，通俗易懂，却又句句有情，仅从字面入手就能把握住作者的意旨。张紫晨把它与其他几首赠别日本友人的诗作比较时说道："这首送别诗和送小原荣携兰归国那首不同，它没有那样幽深的寓意，更没有运用楚辞的风调。它和赠日本歌人升屋的那首也不一样，不仅清丽自然，而且感情细致，在看似平常的诗句里，表达出深厚的送别之情。"这种比较分析是独具慧眼的。

"战云暂敛残春在"是说协议的签订让"一·二八"战事告一段落，但和平是暂时的，侵略者的铁蹄随时会再次践踏我们的国土，眼前生灵涂炭的局面就是最好的证明。战争结束以后，枪炮声虽然不在了，但和平时期其乐融融景象也跟着消失了，徒留萧索与寂然。按照倪墨炎的说法，鲁迅之所以用清歌的寂然来表示市面的萧条，是因为"山本初枝是歌人，她是关心歌声的"。这两句是鲁迅作为一名人道主义者、作为一名爱国志士对祖国遭遇欺凌时应有的情感状态，它交织着悲痛、愤怒与无奈。然而鲁迅是清醒的，山本初枝虽然是日本人，但她却是极度憎恨法西斯主义的和平主义者，是与鲁迅站在同一条战线上的。因而鲁迅在最后两句中，以最简单的言语和最博大的胸怀，表达了对友人归国后的担忧："我亦无诗送归棹，但从心底祝平安。"有人质疑这两句似有言不尽意之概，但这恰恰表现了鲁迅情感之真挚，也确实收到了"无诗"胜"有诗"的效果。

自　嘲

运交华盖①欲何求，未敢翻身已碰头。

破帽遮颜过闹市，漏船载酒泛中流②。

横眉冷对千夫指③，俯首甘为孺子牛④。

躲进小楼成一统⑤，管它冬夏与春秋⑥。

〔题解〕

　　1932年10月12日《鲁迅日记》："午后为柳亚子书一条幅云：'运交华盖欲何求……达夫赏饭，闲人打油，偷得半联，凑成一律以请'云云"，诗题是收入《集外集》时鲁迅所加。

　　周振甫认为诗题"自嘲"来源于东方朔《答客难》、扬雄《解嘲》等"设论"文，只不过鲁迅变"客嘲自解"为"自嘲自解"罢了。受赠者柳亚子是辛亥革命时期革命文学团体南社的创始人之一，他在1945年发表的《鲁迅先生九周年祭》中写道："这一首诗的全文，鲁迅先生曾经写在宣纸上送给我，现在还在我沪寓保留着，是已经裱好的了。据鲁迅先生老友许寿裳先生说，这首诗是鲁迅先生为了给我写字而特地做起来的……"后柳亚子回赠鲁迅一诗云："附热趋炎苦未休，能标叛帜即千秋。稽山一老终堪念，牛酪何人为汝谋？"

　　《鲁迅日记》中所言"达夫赏饭"，说的是郁达夫和妻子王映霞在聚丰园招待其兄郁华，并邀鲁迅和柳亚子夫妇等人作陪一事。"闲人"是鲁迅对自己的戏称，当时创造社成员成仿吾套用张凤举《鲁迅先生》一文的说法（文中称鲁迅小说有三个特色："第一个，冷静；第二个，还是冷静；第三个还是冷静。"），攻击鲁迅的创作是"闲暇，闲暇，第三个闲暇"，并指斥鲁迅是有闲的资产阶级，即有钱阶级。鲁迅因此将自己的杂文集命名为《三闲集》，并时常以"闲人"自居。而对"偷得半联"的解释，历来说法不一。一说来源于魏殿《"孺子牛"的初笔》。文中说郁达夫在席上对鲁迅遭受攻击的窘况进行打趣，鲁迅就用昨天刚想到的两句诗"横眉冷对千夫指，俯首甘为孺子牛"来答复他。这时郁达夫继续调侃，说看来鲁迅的"华盖运"还没有脱，鲁迅得此提醒又得半联，成"运交华盖欲何求"句。一说来源于郭沫若。他认为"俯首甘为孺子牛"是在借用钱季重"饭饱甘为孺子牛"其中半句。除此之外，有人说是指"破帽遮颜过闹市"借用了南社诗人姚锡钧的诗句"旧帽遮颜过闹市"；还有人认为"躲进小楼成一统"最具打油意味，"偷得"即指此句。这里从第一种说法。

〔注释〕

①运交华盖：《古今注》："华盖，黄帝所作也；与蚩尤战于涿鹿之野，常有五色云气，金枝玉叶，止于帝上，有花葩之象，故因而作华盖也。"《法华经》《西游记》等亦有相关记载。"华盖"一词在鲁迅的杂文中也时有出现，如《华盖集·题记》："我平生没有学过算命，不过听老年人说，人是有时要交'华盖运'的……这运，在和尚是好运：顶有华盖，自然是成佛作祖之兆。但俗人可不行，华

盖在上，就要给罩住了，只好碰钉子。"又《而已集·革"首领"》："在五色旗下，在青天白日旗下，一样是华盖罩命，晦气临头。"从中我们可以看出"运交华盖"是在说运势不好。

② 漏船载酒泛中流："漏船"是渗水破船，《吴子·治兵》："如坐漏船之中"；"中流"是急流中央；二者都象征处境的危险。整句似在化用《邶风·柏舟》："泛彼柏舟，亦泛其流。耿耿不寐，如有隐忧。微我无酒，以敖以游。"

③ 千夫指：《汉书·王嘉传》："千夫所指，无病而死。" 1931 年 2 月 4 日，鲁迅致信李秉中时也说："三告投杼，贤母生疑。千夫所指，无疾而死。生于今世，正不知来日如何耳。"大部分论者在"千夫"是指代"人民"还是"敌人"这一问题上意见难以统一，只把"千夫指"作为一个整体加以理解，认为是指代统治者。

④ 孺子牛：《左传·哀公六年》："鲍子曰：'汝忘君之为孺子牛而折其齿乎？而背之也！'"说的是齐景公对儿子荼过于溺爱，嘴里衔着绳子扮作牛让荼骑在自己身上，荼不小心跌倒扯掉了齐景公的牙齿。郭沫若在《孺子牛的质变》中评价道："但这一典故，一落到鲁迅的手里，却完全变了质。在这里，真正是腐朽出神奇了。"张自强认为"孺子牛"可从三方面来理解：一为爱子海婴之牛，二为青年之牛，三为民族和人民大众之牛。这里取第三层含义，以与上文的"千夫指"相对应。

⑤ 成一统：《史记·秦始皇本纪》："今海内赖陛下神灵一统，皆为郡县。"此处当为一语双关。其一，当时国民党

政府四处叫嚣"统一全国"，并以此作为政治目标，但事实上却只知道躲避。鲁迅极尽讽刺之能，说躲进小楼里面就可以轻而易举得到属于自己的天下了。其二，这样写或许还与冯乃超对其"隐遁主义"的攻击有关，冯在《文化批判》一文中，指斥鲁迅"常从阴暗的酒家的楼头，醉眼陶然地眺望窗外的人生"。鲁迅后来写了《醉眼中的朦胧》《文艺与革命》等予以回击。

⑥冬夏与春秋：以时令的交替代政治气候的变化。张自强认为，这里的"春秋"是借《春秋》"以一字喻褒贬"的传统，来比喻国民党反动派对鲁迅的品评毁誉；周葱秀在《破帽·冬夏春秋·歌吟》中认为，这里是以春夏的温暖与秋冬的严寒作对比，象征国民党反动派"镇压与捧场"的两面派手法。

〔评点〕

《自嘲》是鲁迅所有旧诗中传诵度最高的一首。毛泽东《在延安文艺座谈会上的讲话》对该诗的思想价值给予过极高的评价："鲁迅的两句诗，'横眉冷对千夫指，俯首甘为孺子牛'，应该成为我们的座右铭……一切共产党，一切革命家，一切革命的文艺工作者，都应该学鲁迅的榜样，做无产阶级和人民大众的'牛'，鞠躬尽瘁，死而后已。"毛泽东的这几句评价更多的是从政治角度介入的，它的作用是提升了该诗的影响力，但意识形态庇佑下的主题预设也一定程度上牵制了读者的主观判断，使他们在阅读过程中更容易脱离原作，走上"主题先行"的老路，从而忽视对文本自身价值的挖掘，忽视对作者主体性的关注。

首联是对鲁迅所处环境的交代。鲁迅一生走异路，逃异地，努力寻求别样的革命人生。但这也招来了守旧势力、反动派御用文人、"激进"的"革命者"对他的攻击，就连"左联"内部对其口诛笔伐者也不在少数，这其中不乏郭沫若、梁实秋、成仿吾这样的著名作家。但厄运不止于此，反动派的疯狂"围剿"把鲁迅推向了更加无助的境地，所以他用"运交华盖欲何求，未敢翻身已碰头"来总结自身的遭际。

颔联写他的具体行动：鲁迅为躲避敌人的迫害，不得已要"破帽遮颜过闹市"，处境好比是行驶在急湍中流的漏船。难能可贵的是，置身其中的鲁迅仍能泰然自若，载酒作乐！我们确实能够看到鲁迅临危不惧的从容，但也能够感受到诗人对自身"命运"的无可奈何。对"破帽""漏船"的解释不应过于坐实，否则将与全诗的风格难以协调。

颈联是全诗的中心，也是鲁迅心志的表达。毛泽东、周恩来、郭沫若等人都把它视为政治立场的风向标，认为这句诗为革命者该如何对待敌人和人民指明了方向；这里更倾向于跳出政治窠臼单纯把它理解为，鲁迅不管外界流言蜚语，安心做自己的事情。

对尾联的理解也可以从这两个角度进行：从政治视角出发，鲁迅是在讽刺国民党当局面对战乱只知道躲避并表明自己将会坚持战斗；从主体性出发，鲁迅或许只是在进一步言说自己的心愿，即渴望摆脱外界纠缠并专心致志在自己的天地里做文章，这种阿Q式的自嘲和自慰又多少有些避世的意味。或许有人对这种说法表示怀疑，但鲁迅作为主体性的人，不只有革命情怀，也有属于自己的情感世界。面对污蔑谩骂，他会像斗士一样愤怒，也会像普通人一样消沉，当读者一边倒地关注鲁迅的大气节时，又有多少人在意他的小情怀呢？

在结构上，该诗句与句之间逻辑严谨，层层推进，从首联到尾联、从构思到命题再到内容形成了一个有机的整体。在具体写法上，象征、比喻、典型细节的运用让该诗表现手法呈现出多样性，在鲜明生动中传达了作者炽热的情感；口语与书面语的交叉出现，使得全诗整体风格亦庄亦谐，在幽默与严肃的对比中，进一步深化了主题；此外，"孺子牛"等典故的活用也为全诗增色不少，鲁迅化腐朽为神奇，使全诗自成新境。

教授杂咏四首(其一)

作法不自毙^①，悠然过四十。
何妨赌肥头^②，抵当辩证法^③。

〔题解〕

　　1932 年 12 月 19 日《鲁迅日记》："午后为梦禅及白频写《教授杂咏》各一首，其一云：'作法不自毙……'其二云：'可怜织女星……'"后来此诗作为《教授杂咏四首》之一被辑入《集外集》。许寿裳在《鲁迅的游戏文章》中，说这首诗是咏钱玄同的。钱玄同，浙江吴兴人，鲁迅早年好友，《呐喊·自序》中所谓的"老朋友金心异"即指此人。"五四"时期的钱玄同曾任《新青年》编委，是新文化运动的重要旗手，比如他曾化名王敬轩和刘半农一同上演"双簧戏"，通过《新青年》对反对白话文的各种论调予以痛击。此外他还提出过"桐城谬种，选学妖孽"等颇具革命性的口号。"五四"以后，随着革命队伍的分化，钱玄同开始脱离现实斗争，思想也日趋保守，与初期判若两人。

〔注释〕

　　①作法不自毙：据《史记·商君列传》，商鞅在秦国推行变法时，曾规定旅店不能接纳没有行牒之人，违反者处连坐之罪。后来商鞅失势遭通缉，路遇旅店，却因没有行牒而不

被接纳，最终被秦惠王车裂。这种立法自害的行为被后世称之为"作法自毙"。而"作法不自毙"则是鲁迅对钱玄同"人到四十就该死，不死也该枪毙"论调的讽刺。钱玄同时已虚龄四十，过了他自己规定的"该枪毙"的年纪，却仍活得有滋有味。但这种说法也并非毫无根据，比如王尔龄就认为，钱玄同以四十岁画线是本于日本兼好法师的《徒然草》。

②赌肥头：1929年，鲁迅在北京孔德学校重遇钱玄同，致信许广平时曾用"胖滑有加，唠叨如故"来形容对他的印象。

③辩证法：《鲁迅日记》作"辨证法"。一说"辨"为"辩"之误记，据说钱玄同在北京大学讲课期间，为抵制马克思主义，曾大肆叫嚷"头可断，辩证法不可开课"。也有人认为"辨"字是鲁迅故意为之，意在讽刺钱玄同所言"辩证法"只能算作"辨证法"，要"辨"明才好。张向天、倪墨炎等人持前一观点，锡金等人持后一观点，这里取第一种说法。

〔评点〕

这是一首讽刺钱玄同的诗，但它又不局限于钱玄同个人，诗中所说现象是具有普遍性的。鲁迅在《南腔北调集·〈自选集〉自序》中曾说："《新青年》的团体散掉了，有的高升，有的退隐，有的前进。"钱玄同就是"退隐"者的代表。昔日新文化运动的革命前驱，到头来却成了马克思主义的坚决反对者，钱玄同思想之变化让鲁迅有恍如隔世之慨。但回想起来，这种变化亦非突然。钱玄同早期以年龄论思想的革命观看似激进，但却经不起推敲，甚至有唱高调的嫌疑，这本身就暗藏着守旧的因子。随着时间推移，那些像钱玄同一样仅仅停留在口号或者不愿"前进"的"革命者"终究会被更加进步的思潮所湮没，沦为新一轮的守旧分子。在写作手法上，鲁迅选取典型人物和事件，以受讽者相悖的言行入诗，再对相关事实浅笔勾勒，整体上寓庄于谐，别具一格。

教授杂咏四首(其二)

可怜织女星，化为马郎妇[①]。
乌鹊疑不来，迢迢牛奶路[②]。

〔题解〕

1932 年 12 月 19 日《鲁迅日记》："午后为梦禅及白频写《教授杂咏》各一首，其一云：'作法不自毙……'其二云：'可怜织女星……'"后来这首诗作为《教授杂咏四首》之一被辑入《集外集》。许寿裳在《鲁迅的游戏文章》中说这首诗是咏赵景深的。赵景深，四川宜宾人，文学研究会成员，时任上海复旦大学教授和北新书局编辑，从事翻译工作。鲁迅作为一位杰出的翻译家，介绍外来文章时坚持采用忠于原作的直译方式，而这也招来了梁实秋等人的反对。比如梁实秋在 1929 年发表的《论鲁迅先生的"硬译"》一文中就说："其文法之艰涩，句法之繁复，简直读起来比读天书还难。"1931 年，赵景深发表《论翻译》，对梁实秋的观点表示赞同，他在文中主张"译得错不错是第二个问题，最要紧的是译得顺不顺"。对于这种"与其信而不顺，不如顺而不信"的曲论，鲁迅写了《几条"顺"的翻译》《风马牛》及本诗予以回击。

〔注释〕

①马郎妇：赵景深曾在1931年11月的《小说月报》上将希腊神话里的"半人半马怪"（Zentaur）翻译成"半人半牛怪"。按照这一译法，则"牛""马"可以互换，那作为牛郎妻的织女自然也就成了"马郎妇"。又据元代释觉岸著《释氏稽古略》卷三《观世音菩萨感应传》："马郎妇，观世音也。"

②牛奶路：许寿裳《鲁迅旧体诗集·序》："是指斥英文天河（Milkyway）译为牛奶路之错误。"鲁迅讥之为"乱译万岁"。

〔评点〕

表面上看这只是一首针对赵景深个人的诗，但实际上却不局限于此。梁实秋、赵景深等人在从事翻译工作时，坚持"宁达而不信"，只求顺口，不求准确，以致闹出许多笑话来。按照赵景深的译法，"织女星"变成了"马郎妇"，"银河"也变成了"牛奶路"，乌鹊飞来架桥时找不到"银河"就会生疑，这将直接导致牛郎织女一年一度七夕相会的失败。鲁迅选取一些漫画式的片段，运用夸张的手法，对赵景深由翻译错误所导致的恶果极度夸大，入木三分，形成了一种荒诞却不荒唐的艺术效果。精致的荒诞往往由通透后的慈悲造就，鲁迅认为曲译有时是害人无穷的，尤其是通过翻译介绍外来思想的时候，正因如此，他才会对乱译者予以辛辣的嘲讽，才会如此用力地挖苦。从中我们还可以感受到鲁迅做学问时的严肃认真，而这种态度恰恰是学界所欠缺的，过去如是，现在亦然。

教授杂咏四首(其三)

世界有文学①，少女多丰臀②。
鸡汤代猪肉③，北新遂掩门④。

〔题解〕

这首诗的具体创作时间不详，一说是1933年，也有认为是
1932年的。后该诗作为《教授杂咏四首》之一被辑入《集外
集》。许寿裳在《鲁迅的游戏文章》中说这首诗是咏章衣萍的。
章衣萍，安徽绩溪人，曾为《语丝》撰稿人、暨南大学教授，时
任北新书局编辑。北新书局脱胎于北大新潮社，曾以出版进步书
籍为宗旨，后遭到统治者查禁，遂以营利为目的，出版的书籍内
容也逐渐转向色情和颓废。章衣萍作为其主要撰稿人，反对利用
文学谈意识形态问题，宣扬文人的"第一要义是诚实"，但他按
照这一要义写出来的却都是如《枕上随笔》《情书一束》《情书
二束》之类迎合低级趣味的文字。

〔注释〕

① "世界"句：指章衣萍为北新书局编辑《世界文学丛书》
一事。也有人认为这句是对章衣萍"我们应该老实承认自
己的文学艺术以及一切东西多不如人"观点的讽刺。

② "少女"句：章衣萍曾在《枕上随笔》里写道："懒人的

春天哪！我连女人的屁股都懒得去摸了！"

③ "鸡汤"句：章衣萍在向北新书局支取稿费时曾说："钱多了，可以不吃猪肉，大喝鸡汤。"

④ "北新"句：当时北新书局出版了由朱扬善投稿、署名林兰的儿童读物《小猪八戒》，因该文部分内容触犯了伊斯兰教的禁忌，遂引起上海回民的公愤，他们自发组织民众围攻北新书局，并派代表到南京请愿。国民党当局趁机打击北新书局，致其停业。鲁迅在致信许寿裳时曾说："北新所出小册子，弟尚未见，要之此种无实之言，本不当宣传，既启回民之愤怒，又导汉民之轻薄……"

〔评点〕

这首诗表面上看是针对章衣萍和北新书局，但实际上是为当时政治高压下的文化颓风而发的。具体看来，前三句是由章衣萍的个人言行生发出来的，但"北新遂掩门"一句却似乎与受讽者并无瓜葛，与前句"鸡汤代猪肉"，也只是在关涉回民习俗的问题上有着表象化的联系。按照倪墨炎的说法，鲁迅是在借此句表达像章衣萍那样有"帮闲之志"无"帮闲之才"的作家都能受到北新书局的优待，让他有钱去大喝鸡汤，彼局编辑之漫不经心，视一切如儿戏可想而知，故而他们才会对《小猪八戒》一稿失于检点，导致书局停业。而这一现象在当时是具有普遍性的，绝非北新书局一家。

教授杂咏四首(其四)

名人选小说，入线①云有限。

虽有望远镜，无奈近视眼。

〔题解〕

　　这首诗的具体创作时间应稍晚于1933年3月，后作为《教授杂咏四首》之一被辑入《集外集》。许寿裳在《鲁迅的游戏文章》中说，这首诗是咏谢六逸的。谢六逸，贵州贵阳人，曾为文学研究会会员，时任复旦大学教授和上海商务印书馆编辑，著有《水沫集》《茶话集》等。1933年3月，谢六逸编选的《模范小说选》由上海黎明书局出版，书中收录了鲁迅、茅盾、叶绍钧、冰心、郁达夫五人的作品。谢六逸在该书序言中写道："翻开坊间出版的中国作家辞典一看，我国的作家快要凑足五百罗汉之数了。但我在这本书里只选了五个作家的作品，我早已硬起头皮，准备别的作家来打我骂我。而且骂我的第一句话，我也猜着了。这句骂我的话不是别的，就是'你是近视眼啊'，其实我的眼睛何尝近视，我也曾用过千里镜在沙漠地带，向各方面眺望了一下。国内的作家无论如何不止这五个，这是千真万确的事实。不过在我所作的是'匠人'的工作，匠人选择材料时，必须顾到能不能上得自己的'墨线'，所以我要'唐突'他们的作品一下了。"这首诗就是针对这一事件而作的。

〔注释〕

①入线：选录标准。

〔评点〕

　　这首诗是《教授杂咏四首》的收尾之作，表面上是打油的，骨子里却是极为严肃的。首句以"名人"入诗，极尽调侃之能事，把谢六逸在选小说时以"名人"自居的心态表露无遗。"入线云有限"是说谢六逸是以"有限"作为其选录标准的，如此才会对众多新生优秀作家的作品视而不见，鲁迅只是把事实摆了出来，虽无一词戏谑，但嘲讽效果尽显。最后两句鲁迅让谢六逸之言行置于读者面前，以子之矛攻子之盾，表面信手拈来，实则切中肯綮，寥寥数语便把谢六逸之神形说尽，可谓入木三分。

　　鲁迅在1936年2月21日致信曹聚仁时，曾说他"从来没有因为一点小事情就成友成仇的人"，并坚持"论时事不留面子，砭锢弊常取类型"（《伪自由书·前记》）的写作态度，因而这四首吟咏教授的杂诗整体上是带有鲜明典型性的。在具体写法上，鲁迅全部采用"在那纸糊架上挖一个窟窿"（《关于翻译的通信》）的办法，对当时"常见""公然""不以为奇"的人事现象进行婉曲而锋利的讽刺，通篇俨然《儒林外史》之接续。我们大可将鲁迅在《中国小说史略》中对《儒林外史》的评价用于此诗："秉持公心，指摘时弊。机锋所向，尤在士林；其文又戚而能谐，婉而多讽。"

所　闻

华灯①照宴敞豪门，娇女②严装侍玉樽。

忽忆情亲③焦土④下，佯看罗袜⑤掩啼痕。

〔题解〕

　　据1932年12月31日《鲁迅日记》："为知人写字五幅，皆自作诗。为内山夫人写云：'华灯照宴敞豪门……'"内山夫人即井上真野，鲁迅好友内山完造之妻。内山书店店员镰田寿曾在《鲁迅和我》一文中评价她道："夫人是一个不生孩子的女丈夫，使人感到具有巾帼女子特有的性格，这种感觉，鲁迅先生也有。"诗中所描写的是一个在战火与奴役中饱受欺凌、被迫服侍宾客的可怜孤女，鲁迅在《上海的少女》中对统治者的相关行径进行过揭露，说他们"也一向以童女为侍奉、纵欲、鸣高、寻仙、采补的材料，恰如食品的餍足了普通的肥甘，就想乳猪芽茶一样"。当时正值日本大肆侵华之际，但国民党政府却依然过着花天酒地、纸醉金迷的生活，因而这一现象是极具普遍性的。后该诗被辑入《集外集拾遗》。

〔注释〕

　　①华灯：《楚辞·招魂》："兰膏明烛，华灯错兮。"此处以"华灯"彰显豪门富奢之景象。

②娇女：娇美之少女。左思《娇女诗》："左家有娇女，皎皎颇白皙。"有人把这首诗的中心形象看作是张学良，并把"娇女"视为忘却亲仇的辱国者形象（李拓之《鲁迅的小诗》）。

③情亲：亲人。孟浩然《九日得新字》："茱萸正可佩，折取赠情亲。"又张籍《送李馀及第后归蜀诗》："乡里情亲相见日，一日携酒贺高堂。"

④焦土：指被"一·二八"战火焚烧过的土地。杜牧《阿房宫赋》："楚人一炬，可怜焦土。"

⑤罗袜：曹植《洛神赋》："凌波微步，罗袜生尘。"

〔评点〕

许寿裳认为这首诗是在表达阶级仇恨，他在《怀旧》中称："这是一方写豪奢，一方写无告，想必是一九三二年'一·二八'闸北被炸毁后的所闻。"后周振甫等人结合时代背景，进一步把它与人民苦难、侵略战争联系到了一起，并认为诗中的"娇女"就是千千万万被侮辱、被损害的妇女的代表，在日本侵略者的铁蹄下，她们流离失所、家破人亡。这些说法代表了大多数人对该诗的意见。阶级仇恨和战争所造成的苦难固然令人心有戚戚，但诗中关于人生境遇的书写或许更能让读者为之动容。

有着金玉之质的"娇女"，因战争而身陷泥淖，最终沦落为豪门侍女，个人的喜怒哀乐从此要以豪门的意志为转移，即使在思念已故的亲人时她也不敢放声哭号，唯恐破坏了宴会欢快的氛围，只能佯看罗袜、掩面轻啼。"娇女"血泪的怀念是在豪门觥筹交错的喧闹中进行的。鲁迅在对比中营造出一种苍凉的意境，这一意境和"娇女"凄惨的心境相结合，共同支撑起了这幕让人声泪俱下的人间悲剧。通过对"娇女"经历的所闻、所思、所感，鲁迅写出了下层民众对自身不幸的无可奈何，也写出了上流社会对贫苦百姓的漠不关心，字里行间流露出强烈的人道主义关怀。值得注意的是，"娇女"所面临的不幸不单纯来源于一般意义上的阶级压迫，也不由天灾人祸所致，主要是因为战争，这就把个人的遭际与时代、社会背景完美地糅合在了一起。

与鲁迅其他的旧体诗相比，这首诗在风格上略显婉约，整体上从侧面着手，用动人的形象来激发人们对现实的憎恨。具体说来，鲁迅除运用白描和对比写出"公然、常见、不以为奇"的现象外，还极重炼字。比如"敞"字写出了豪门的穷奢极欲，"严"字显示出与酒宴的不协调，"侍"字点出了"娇女"因战争而任人奴役的身份地位，"下"字交代了亲人被战火吞噬的惨烈事实，"佯"和"掩"则生动地表现出"娇女"强装欢颜、含悲饮恨的复杂心理等。按照张向天的说法，这首诗俨然"一篇精致提炼的小说"，因为它"有背景，有烘托，有隐写，有明写……"张恩和也说："诗人有意以有限的明写表现无限的隐写，让读者通过明写出的场面和人物联想更多的内容。"而且全诗在场面、人物、动作、心理方面也都写得十分具体，让人读之如临其境，如见其人，如闻其声，回味无穷。

无题二首(其一)

故乡黯黯锁玄云①，遥夜②迢迢隔上春③。
岁暮何堪再惆怅，且持卮酒④食河豚⑤。

〔题解〕

据 1932 年 12 月 31 日《鲁迅日记》："为知人写字五幅，皆自作诗。为滨之上学士云：'故乡黯黯锁玄云……'"滨之上全名滨之上信隆，日本筱崎医院医生，善写俳句。和同时期其他几首赠诗一样，这首诗也是针对当时国内恶劣的政局而发的。1932年岁暮，闸北一带战火刚熄，华北津、榆一带硝烟又起。除发动侵略战争外，日本还在长春扶持傀儡政权，建立"伪满洲国"，加强对中国的控制。但国民党当局非但不采取积极的抵抗措施，反而将斗争矛头指向国内，发动第四次反革命"围剿"，大肆屠杀人民。

民族危机的日益加深，对鲁迅的心理造成了巨大的冲击，让他对国内的现状极度失望，但他依然保持着乐观高昂的战斗热情，尽可能去压抑胸中的悲愤。1933 年 9 月 24 日，他在致信增田涉时就说："世事将越来越艰难，我觉得'郁郁不乐'总是不好的，还是要快活起来，如何？"这首诗正是在这一心境下创作出来的。另外，瞿秋白曾于 1932 年 12 月 7 日书赠鲁迅旧诗一首，诗云："雪意凄其心惘然，江南旧梦已如烟。天寒沽酒长安市，犹折梅花伴醉眠。"张自强认为，鲁迅的这首《无题》诗在格局和意境上都与瞿诗颇为相似，并据此推断鲁迅对瞿诗有所借鉴。后该诗被辑入《集外集拾遗》。

〔注释〕

①玄云：黑色的云。《楚辞·九歌·大司命》："广开兮天门，纷吾乘兮玄云。"王逸注："玄云，黑色云也。"

②遥夜：长夜。宋玉《九辩》："靓杪秋之遥夜兮，心缭悷而有哀。"

③上春：新春，指旧历正月。《梁元帝纂要》："正月曰孟春，亦曰上春。"

④卮酒：杯酒。《史记·项羽本纪》："沛公奉卮酒为寿。"

⑤食河豚：据1932年12月28日《鲁迅日记》："晚坪井先生来邀至日本饭馆食河豚，同去并有滨之上医士。""食河豚"不仅是记录事实，也不仅是为了押韵；李拓之认为"河豚"与"猫头鹰""赤练蛇"等都是辛辣、刺痛之物，为鲁迅所偏爱；倪墨炎等人认为"河豚"暗藏剧毒，鲁迅"食河豚"意在说明自己将与统治者作坚决的斗争……这里取第三种说法。

〔评点〕

这是一首感时抒怀的纪实之作。首句"故乡黯黯锁玄云"是对国内阴云密布现状的概括，鲁迅本可以乐写哀，但事实却是无乐可寻，与知交把酒言欢，共迎新春应是一派欢快和谐的景象，但在国家危在旦夕的关头，任何节日都变得沉重了。"遥夜迢迢隔上春"是说漫漫长夜延缓了黎明到来的步伐，让人看不到希望，"锁"与"隔"极言政治环境之恶劣。处在这样一种"黑漆漆的，不知是日是夜"的环境中，鲁迅自然心情缭悷、怅然若失，"何堪再惆怅"就是他悲愤心情的真实写照。然而"夜正长，路也正长"，黑夜终难抵挡光明的来临，既然一味地惆怅不能使问题得到解决，那就权且品尝佳肴，借酒消愁罢！

最后一句是全诗的中心，对它的理解成为把握这首诗的关键。有人认为全诗在整体基调上是统一的，因而把最后一句看作是前几句情感的延续，比如郑心伶就说"且持厄酒食河豚"的气氛依然是不轻松的，它是在表达河豚的鲜美弥补不了鲁迅精神上的压抑，是鲁迅在借机指斥现实；也有人把这句看作是鲁迅情感上的转折，以此突出他豁达开朗的人生态度，如临沂师专中文系所编《鲁迅诗歌注析》。事实上，末句所表现的情感既非完全的悲观，也非绝对的乐观，它与"躲进小楼成一统，管他冬夏与春秋"有着异曲同工之妙，二者都夹杂着自嘲，甚至可以说都有着阿Q式精神麻醉的影子，是鲁迅面对外界压力所寻求的短暂欢愉的精神解脱。鲁迅对现实总是有着清醒的认识，他从不盲目地悲观或乐观，面对"玄云"笼罩的中国政局，面对"遥夜迢迢"的革命之路，鲁迅暂时弃其悲伤惆怅、无可奈何之概，"且持厄酒食河豚"，以此阐明斗志。这一行为体现了饱经风霜者的革命乐观主义精神，也传达了处在艰难时世中的中国知识分子顽强生存下来的人生智慧！

在艺术上，典型环境的塑造让这首纪事抒情诗在情感表现上更显张力，时间、环境、感情等表现得也都十分具体。曹礼吾谓"厄酒河豚，于沉郁中见整暇之致"，这一评价可谓精到。

无题二首(其二)

皓齿吴娃①唱柳枝②，酒阑③人静暮春④时。
无端旧梦驱残醉，独对灯阴忆子规⑤。

〔题解〕

据1932年12月31日《鲁迅日记》："为知人写字五幅，皆自作诗。为坪井学士云：'皓齿吴娃唱柳枝……'"又据1932年12月28日《鲁迅日记》："晚坪井先生来邀至日本饭馆食河豚，同去并有滨之上医士。"可见这首无题诗也与赴宴食河豚一事有关，据说当时饭馆中有歌女唱歌助兴，此一信息也成为我们理解诗作内容的关键。坪井学士与滨之上同为日本筱崎医院医生，曾为鲁迅爱子海婴看过病，并因此与鲁迅成为好友。创作背景及收录情况参见前作"题解"。另外，关于该诗的具体创作时间，学界仍存有争议。据张自强考证，此诗长期误认为作于年底，实际上作于1932年2月16日之后、3月初之前，此说可供参考。这里仍遵照《鲁迅日记》所录时间，取年底之说。

〔注释〕

①吴娃：吴地（今江浙一带）的姑娘。左思《吴都赋》："幸乎馆娃之宫。"刘逵注："吴俗谓好女为娃。"

②柳枝：唐代盛行的一种小调，有《杨柳枝曲》等。《唐宋

诗举要》："费燕峰曰：'杨柳枝词与竹枝颇近，其情柔，其体婉。'"

③酒阑：《史记·高祖本纪》："酒阑，吕公因目固留高祖。"裴骃集解："阑言希也，饮酒者半罢半醉谓之阑。"

④暮春：《梁元帝纂要》："三月季春，亦曰暮春。"春天将尽的时节。如果按照写作时间，这一场景当发生在初春，张自强认为鲁迅有将二月中旬后的春天统称为"暮春"的习惯；倪墨炎认为这里是在表达虽是早春时候，但整个氛围却有如"暮春"时节。

⑤忆子规：子规即杜鹃鸟，其叫声哀婉凄切，有"杜鹃啼血"的说法。一般认为"忆子规"是鲁迅在怀念亲人或战友。

〔评点〕

　　这首《无题》诗在内容和表现手法上与前作有着很大的不同，如果说前一首是在纯粹纪实，那这一首则更多的是鲁迅情感的直接表露。内容上的由实入虚，也使得该诗在风格上略显隐晦，不如前作明快。比如，在该诗的主体归属这一问题上，历来就看法不一。如郑心伶就认为，"驱残醉"和"忆子规"的都是从沦陷后的家乡流亡到江南的"吴娃"，并认为鲁迅是在借"吴娃"自比，但"旧梦"驱走"吴娃""残醉"的解释实在令人难以信服，把"忆子规"解释成"吴娃"思念失散的爱子也略显牵强。也有人说这首诗的主体仍是诗人自己，如张紫晨就认为，这首赠坪井学士的诗"写的是河豚小宴归寓之后，思念故人的心情。和前一首在时间上是前后联系着的"。按照这一逻辑，"皓齿吴娃唱柳枝，酒阑人静暮春时"应是诗人在日本饭馆赴宴时亲眼所见的景象：一个背井离乡的江南姑娘，在酒席将散时唱着故乡流行的歌曲。这一场景勾起了归家后的鲁迅对往事的回想，让他醉意全消，并写就此诗。但什么样的"旧梦"会驱走"残醉"呢？窃以为，"旧梦"的内容既可能包含大大小小的战争，也可能是指他所经历的"白色恐怖"，还可能是说自己一直以来辗转流离的痛苦生活。鲁迅冠之以"无端"，是在表达"旧梦"的突然性和延续性，让我们意识到鲁迅的追忆并非刻意为之，那些绵绵不断的惨痛回忆会随时随地袭来。同样的，对"忆子规"的解释也不应过于坐实，把它解释成怀念故乡、亲人也好，怀念战友、革命志士也罢，都是与主题相契合的。这样看来，第二种解释更加贴合实际。

我们还可以把这首诗与《所闻》联系起来理解，二者虽然在表现内容上较为相似，但在主题和艺术风格上仍是不尽相同的。仅以表现手法来看，这首《无题》诗结构严密、层次清楚，沉重的主题和浓郁的气氛是在"暮春""旧梦""灯阴"等意象的层层烘托下营造出来的，而且步步加深的闻歌感旧之词也让整首诗的诗意出之深折，令人忧思难忘。

无 题

洞庭木落①楚天高，眉黛②猩红浣③战袍。
泽畔④有人吟不得，秋波渺渺⑤失离骚。

〔题解〕

据 1932 年 12 月 31 日《鲁迅日记》："为知人写字五幅，皆自作诗。为达夫云：'洞庭浩荡楚天高，眉黛心红浣战袍。泽畔有人吟亦险，秋波渺渺失离骚。'"后鲁迅将该诗收入《集外集》，并对文字做了些许改动："浩荡"作"木落"，"心红"作"猩红"，"亦险"作"不得"。

鲁迅这一时期的赠诗之所以密切关涉政治，是因为蒋介石"对日交涉，不惜忍辱屈服；对于共产党势在必剿"的态度不仅没有改变，反而日趋坚定。尤其是在湘鄂赣地区推行的第四次"围剿"，给当地人民带来了深重的灾难。在国民党统治区，蒋介石政府还颁布《宣传品审查标准》，压制迫害进步作家，像鲁迅这样的革命者在当时是没有言论自由的。鲁迅在《上海文艺之一瞥》中就说："文艺是在受着少有的压迫与摧残，广泛地出现了饥馑状态。文艺不但是革命的，连那略带不平色彩的，不但是指摘现状的，连那些攻击积弊的，也往往受到迫害。"1932 年，郁达夫在这种文化迫害下准备隐居杭州，遭到鲁迅的劝阻。吴奔星认为，这首诗的创作和鲁迅与陈赓的会面也不无关系，据说在与陈赓谈话之后，鲁迅对革命根据地的形势有了更加深刻的认识，并着手创作中篇小说《铁流》，但因各种原因未能如愿，这件事对该诗的构思产生了一定影响。

〔注释〕

①洞庭木落：《楚辞·九歌·湘夫人》："嫋嫋兮秋风，洞庭波兮木叶下。"

②眉黛：此处的"眉黛"是借景（远山）喻人。如黄庭坚《托梦》："窗中远山是眉黛。"又秦观《生查子》："眉黛远山长，新柳开青眼。"张向天等人认为"眉黛"是指代妇女，如白居易《新柳诗》："须叫碧玉羞眉黛"；福建师大中文系编写的《鲁迅诗歌选读》认为是指女红军、女赤卫队员；鲁歌《杨开慧同志的就义和鲁迅的几首诗》认为是指杨开慧的不幸殒亡。

③浼：沾染、染污。

④泽畔：《楚辞·渔父》："屈原既放，游于江潭，行吟泽畔。"

⑤秋波渺渺："渺渺"状广大，秋波广大之意。

〔评点〕

这首《无题》诗也是鲁迅旧诗中争议较大的一首。对它理解上的分歧不是因为诗句本身隐晦艰涩，而是因为不同的读者对诗中所写具体人、事的认识有所不同。

首句"洞庭木落楚天高"承袭了《楚辞》的语言传统，营造出萧索肃杀的意境，暗喻国民党对根据地实施军事"围剿"的残酷。对第二句"眉黛猩红浣战袍"的解释争议极大，这里选取几种较具代表性的观点。如张向天认为这句意思是："那些践踏了洞庭湖滨广大土地的'将军'们，在屠杀人民之余仍拥着浓妆艳抹的女人调笑，口红和眉黛染污了'将军'的军衣"；宋谋场在《鲁迅诗注》中说"眉黛猩红"是在借"赤眉起义"暗指红军革命旗帜鲜明，"浣战袍"是形容他们的戮力奋战；吴奔星则认为，这是在说"根据地妇女的鲜红的血溅向反动军官的军衣"，强调"是鲁迅在听了陈赓同志的谈话后，在诗的艺术构思上所显示出来的积极的形象思维"。"眉黛"与口红等都是饰容之物，因此把"眉黛"解释成男性（赤眉、郁达夫等）的说法是不足取的；单纯把"眉黛"看成是妆饰之物又显得过于坐实，与前句意境不合；认为"眉黛"是指女红军、女赤卫队员的说法，又走上了"主题先行"的老路，陷入了过度阐释的圈套。按照张紫晨的说法，"眉黛"当指远山，他认为鲁迅是在借景寓事，以此言说遭血洗的革命根据地，并"由远山殷红想到反革命的屠杀之甚，由屠杀之甚又联系到战袍的浣染"。这一解释不仅合乎情理，也完全符合古典诗词先写景后言志的创作传统。

三、四两句笔调由写景过渡到了抒情，内容则由军事"围剿"转移到了"文化"围剿。"泽畔有人吟不得"是说处于楚怀王统治下的屈原被放逐之后尚能"行吟泽畔"，处在蒋介石统治下的鲁迅却连基本的言论自由都没有，通过对比，国民党政府的严酷统治行径昭然若揭。作家的"钳口结舌"和创作的"饥馑状态"在当时是具有普遍性的，除鲁迅外，柔石等进步作家惨遭杀害，郁达夫也曾借龚自珍的"避席畏闻文字狱，著书都为稻粱谋"来形容自身窘况。对于第四句中"失离骚"的解释存在着两种截然相反的观点：如鲁歌认为这句是说在文网森严的统治下，鲁迅没能创作出像《离骚》那样忧愤深广的好作品（指《铁流》）；天津师院中文系编写的《鲁迅诗歌选》认为鲁迅想写的是《铁流》那样的革命文学，而不是《离骚》那样"反抗挑战，则终其篇未能见"的作品。这两种解释都不无道理，但却过于拘泥于单句，未能兼顾到诗歌的整体性。实际上，鲁迅这首诗从意象的选取到意境的营造，无不是为了烘托"白色恐怖"政策对文人的压制和摧残，至于他对《离骚》的态度，则不应成为我们关注的焦点。此外，徐重庆在《试谈鲁迅赠郁达夫的两首诗》中认为，这句诗有劝阻郁达夫移居杭州之意，因为鲁迅深知国民党统治下的中国各地并无本质区别，杭州不会比上海安稳。因此郁达夫想通过隐居的方式躲避迫害，并写出具有战斗性的文章是绝对不可能的。考虑到鲁迅有《阻郁达夫移家杭州》一诗，这种观点也是有一定道理的。

本诗前两句用楚地、楚事、楚辞作精妙的艺术构思，既掩统治者之耳目又奠定了全诗的基调，最后以《离骚》作结，使全诗浑然一体。虽如曹礼吾所言"次语涉于生，结语涉于晦"，然仍意境独到，自成高格。据刘大杰《鲁迅的旧诗》记载，郁达夫曾评价它为鲁迅七绝中的"压卷之作"。

答客诮

无情未必真豪杰①，怜子如何不丈夫②。

知否兴风狂啸者③，回眸时看小於菟④。

〔题解〕

　　1932年12月31日《鲁迅日记》："为知人写字五幅，皆自作诗。……为达夫云：'洞庭浩荡楚天高……'又一幅云：'无情未必真豪杰……'"又《鲁迅诗稿》作："未年之冬戏作，录请坪井先生晒正。"许寿裳《怀旧》一文对该诗的创作因由做过交代："这大概是为他的爱子海婴活泼会闹，客人指为溺爱所作。"海婴是鲁迅与许广平所生之子，鲁迅老年得子，自然对其颇为疼爱，但其宠爱方式也常为友人所诟病。当时国民政府的御用文人对鲁迅极度愤恨，于是便把对鲁迅的抨击转移到了他的爱子海婴身上。1931年2月2日，鲁迅致信韦素园时曾言："我有了一个男孩，已一岁另四个月，他生后不满两月之内，就被'文学家'在报上骂了两三回……"更有甚者，这些"文学家"在造谣污蔑鲁迅的同时，还连带殃及郁达夫，在《鲁迅大开汤饼会》一文中，对郁达夫不幸夭折的儿子龙儿冷嘲热讽。鲁迅对这种因大人而祸延子孙的现象颇为恼火，并深感自己"罪孽深重"。这首诗就是在这样一种情况下写就的。

　　关于创作时间，历来众说纷纭，张向天等人认为，这首诗是鲁迅1931年冬或1932年一二月间所作；周振甫、倪墨炎等人则质疑诗稿中的"未年"为"申年"字之误记，因为在此期间鲁迅曾有两次类似的误记，又加上1931年的《鲁迅日记》并无给坪井写字幅的记载，他们据此判断1932年12月31日即为该诗的创作时间。这里从后一种说法。又据张自强考证，鲁迅曾将此诗书赠三个做父亲的人：先是赠予郁达夫；1933年1月，又赠给为海婴看病的上海日本筱畸医院医生坪井先生；1933年1月23，又赠予即将去汉城大学任教的日本汉学家辛岛晓。该诗后被许广平收入《集外集拾遗》。

〔注释〕

①无情未必真豪杰：〔宋〕谢枋得《答刘华父寄寒衣》有"豪杰应无儿女情"的说法，鲁迅在这里反其意而用之。

②怜子如何不丈夫：语出《战国策·赵策》：触龙谏赵太后，如果真爱小儿子长安君，就应该为他的未来谋划，让他出质于秦，"太后曰：'丈夫亦爱怜其少子乎？'对曰：'甚于妇人。'"这里的意思即为：爱怜孩子的人怎么就不是大丈夫了呢？

③兴风狂啸者：猛虎。《易·乾·文言》："云从龙，风从虎。"民间有所谓虎啸风生的说法。

④於菟：老虎的别称。《左传·宣公四年》："楚人……谓虎於菟。"化用明人解缙《虎顾众彪图》诗句，诗云："虎为百兽尊，谁敢触其怒？唯有父子情，一步一回顾。"鲁迅还在《论"赴难"和"逃难"》中表达过对孩子教育的看法："施以虎狮式的教育，他们就能用爪牙，施以牛羊

式的教育，他们在万分危急时还会用一对可怜的角。然而我们所施的是什么式的教育呢，连小小的角也不能有，则大难临头，唯有兔子似的逃跑而已。"

〔评点〕

诗题为《答客诮》，说明这是一首回应别人讥诮的诗，讥诮的内容是关于鲁迅对幼子海婴的溺爱。有人认为，它只是鲁迅在公开承认自己对幼子的疼爱，并坦承这种大丈夫式的爱是理所应当的，如张恩和认为："这不仅反映出他的伦理观，更反映出他的仁心和伟大的胸怀。"更多的人将这首诗与当时的政治环境结合起来，把它看成是鲁迅对国民党反动派御用文人造谣中伤行为的回敬。吴积才在《回眸时看小於菟——读鲁迅〈答客诮〉》中说："（这首诗）对那些反对'爱护新芽''造就新军'的讥诮者进行了深刻的批判和有力的回击。"也有人认为这首诗并非专为"爱子"而作，它从侧面体现出了鲁迅"虎狮式"地反对奴化的教育观，如周振甫所言："鲁迅在这里指斥当时的国民党反动派所施行的是奴化教育，连牛羊式的教育都不如。"事实上，每一种分析都能从诗句本身和相关背景中寻找出它立论的根据，而且各种观点之间不是相互对立的，而是互为补充的，因而这里更倾向于认为鲁迅这首诗是各种情感兼而有之的。

在艺术上，"未必""如何""知否"等词的运用让全诗充满了论辩性的色彩。这种论辩性有助于触发读者的思考，让读者对所提问题有自己的判断。诗人以严密的逻辑推理层层深入，最后又以问作答，在委婉含蓄中包蕴着理直气壮，使得全诗情感表现的力度和深度不断加深。

二十二年元旦

云封高岫①护将军②，霆击③寒村灭下民④。
到底不如租界好，　打牌声里又新春。

〔题解〕

据1933年1月26日《鲁迅日记》："旧历申年元旦…又戏为邬其山先生书一笺云：'云封胜境护将军……'已而毁之，别录以寄静农，改'胜境'为'高岫'，'落'为'击'，'戮'为'灭'也。"诗题中的"二十二年"是指民国二十二年（1933）。同年2月12日，鲁迅致信台静农时又补充道："以酉为申，乃是误记，此种推算，久不关心，偶一涉笔，遂即以猢狲为公鸡也。"当时蒋介石政府与日本达成"共同防共"战线，对湘赣苏等地区进行轰炸，百姓处于水深火热之中。而租界却是另外一番景象，达官贵人们在"美好""和平"的环境下过着醉生梦死、花天酒地的生活，全然不顾国家存亡。鲁迅在《今春的两种感想》中对当时的情形有过描述："当时闸北尽管炮火连天，鬼哭神嚎，而租界上却照常的歌舞升平通宵达旦……"敌人的屠杀在继续，淫乐在继续，诗人的战斗也在继续。鲁迅针对这一现象，以纸笔为武器写下了《中国人的生命圈》《天上地下》等作品加以抨击。后该诗被辑入《集外集》。

〔注释〕

①高岫：岫，《说文》解作"山穴"。"高岫"此处特指庐山。

②将军：指蒋介石。1932年4月，蒋介石任鄂豫皖剿共总司令，指挥反革命军事活动，并于江西庐山设立"剿匪总部"。

③霆击：雷霆轰击，这里指日军及国民党用飞机轰炸无辜百姓的行为。鲁迅在《中国人的生命圈》里说："总而言之，边疆上是炸，炸，炸；腹地里也是炸，炸，炸；虽然一面是别人炸，一面是自己炸，炸手不同，而被炸则一。"

④下民：百姓。《诗经·小雅·十月之交》："今此下民，亦孔之哀。"

〔评点〕

这是一首包含了鲁迅双重情感的诗作：一是对日军及蒋介石政府残杀无辜百姓行为的强烈谴责；二是对达官阔人的批判。曹礼吾谓该诗："前二语言革命群众横被摧残，后二语言落后市民安于麻木。摧残者遂敢不恤外侮，愈肆虐其摧残；唯其摧残，麻木者但求各遂私图，自豪于麻木。"

诗的前两句笔调郑重，用词严谨，对仗亦工，用格律诗的写法表达了鲁迅的愤怒。"云封高岫护将军"说的是蒋介石政府将"云封高岫"的名山胜景变成了反革命的"剿匪总部"这一事实。鲁迅将庐山优美的环境与蒋介石龌龊的行为捏合在一起，在写实中暗藏讥讽。"封"和"护"即鲁迅所谓的"躲进暗地里去了"，它道出了国民党外强中干的本质。"霆击寒村灭下民"则是对国民党"炸进去"和日军"炸进来"行径的直接揭露，在他们的狂轰滥炸下，无数寒村化为焦土，尸横遍野。这两句灌注了鲁迅"哀民生之多艰"，愤敌人之残忍的强烈情感。

诗的后两句笔调诙谐，用语自由，顺畅自然，用口语化的写法表达了鲁迅的轻蔑。这两句是鲁迅对租界中人"打牌的仍旧打牌，跳舞的仍旧跳舞"行为的有力讽刺，也是鲁迅情感表达的重心。住在租界里的是军阀政客、土豪劣绅、官僚买办，以及汉奸走狗等"高等"华人，他们的"美好"生活是依靠压榨百姓和对侵略者奴颜屈膝换来的。当国家处于生死存亡的危急关头，他们全然不顾国家的前途和人民的命运，依然过着荒淫无耻的寄生生活。鲁迅以轻蔑的态度写下这两句诗，并为这种"精神奴役的创伤"痛心不已。

这首诗从生活侧面入手，运用反衬、对照的手法以及文白夹杂的语言，形成了亦庄亦谐的风格，是鲁迅杂文风格诗歌化的代表。郑心伶评价该诗道："前者讥讽、嘲笑，谓之谐；后者愤慨、同情，谓之庄。庄谐相容无间，极为自然……最后两句以全诗说，是戏作，写得随便，而又非常幽默，'出人意表'。"

赠画师

风生白下①千林暗，雾塞苍天百卉②殚。
愿乞画家新意匠③，只研朱墨④作春山⑤。

〔题解〕

  本诗与前一首《二十二年元旦作》同见于 1933 年 1 月 26 日《鲁迅日记》，日记云："为画师望月玉成君书一笺云：'风生白下千林暗……'"望月玉成是日本画家，日本德川时期京都著名画家望月玉蟾的后裔，当时在上海做访问。此诗创作时期，蒋介石曾宣称"剿共之失败，关系国家之存亡，亦即我民族能否自卫自存之试金石"。对革命根据地发起了第四次大规模"围剿"，这次"围剿"从 1932 年 6 月开始，历时八个月，最终被红军粉碎。其余背景参见前作。面对统治者残杀民众的无耻行径，鲁迅虽然从未丧失过勇气和信心，但他之前的情绪一般以消极、压抑为主，比如 1926 年的"三·一八"惨案发生后，他在《无花的蔷薇之二》中就说："中国要和爱国者的灭亡一同灭亡。"此诗虽然也是针对类似事件而发，但情感明显有所改观。后该诗被收入《集外集》。

〔注释〕

  ①白下：今南京市，由南京西北金川门外的白下城而得名。

《唐书·地理志》："武德元年，更名金陵为白下。"

②百卉：百花。《诗经·小雅·四月》："秋日凄凄，百卉具腓。"

③意匠：指艺术创作上新的构思。陆机《文赋》："意司契而为匠。"又杜甫《丹青引》："诏谓将军拂绢素，意匠惨淡经营中。"

④朱墨：一般认为"朱墨"是一种红色的颜料，如苏轼《和贫士诗》："朱墨手自妍"，又鲁迅《嵇康集·跋》："然经朱墨摘后……"；章华在《读〈鲁迅诗歌注〉》中，把"朱墨"解释成红、黑两种颜色，并认为"朱墨"的意思是"用朱笔画'万里朱殷'的血痕，用墨笔画'一片墨黑'的焦土，是国民党统治区的真实写照"。

⑤春山：喻光明前景。王维《山中与裴秀才迪书》："当待春中，草木蔓发，春山可望。"

〔评点〕

开篇点题，"风"与"雾"，"白下"与"苍天"，"千林"与"百卉"六个意象两两相对，交代了创作的时代背景。"生"与"塞"的运用使静态的意象瞬间有了活力，给人以极强的画面感。"暗"与"殚"说明了这一画面的色调是晦暗的，死气沉沉的，让我们联想到国民党治下万物凋敝的景象，景犹如此，人何以堪？前两句颇有老杜遗风，于肃杀之气中见刚劲基调。值得一提的是，鲁迅写南京曾用过各种称谓，但都不是随便用之，而是密切对应诗中的情景和服从主题需要的，如"石头城"对"月如钩"。这里用"白下"指称南京应有"在白色恐怖笼罩下"之意。

后两句色彩突变，由晦暗转为明媚，诗人由景入情，用革命现实主义的手法描绘了一幅明媚鲜艳、富有生机的"春山"风景图，表达了自己的革命理想。"乞"字与其说是鲁迅祈愿老友运用新的艺术构思（新意匠）作画，毋宁说是鲁迅对广大人民的期许，他祈盼人民不要被暂时的、黑暗的表面现象所迷惑，要对革命前景保持信心！"朱墨"是喻红色革命根据地，"只研朱墨"则是鲁迅对红色政权必将取代黑暗统治，中国革命必将走向胜利的伟大预言。

整首诗情景交融，具有极强的画面感，可谓"诗中有画、画中有诗"。一、二两句相互并列，是对句，摹画的是"千林"暗淡、大雾遮天、"百卉"凋零，没有一丝春意的景象；三、四两句前后继承，是散句，描绘的是万物苍翠、天朗气清、百花齐放，有着一派生机的"春山"。鲁迅一改往日批判到底、沉重压抑的诗风，直接灌注以积极向上的革命热情，格调是明媚轻快的。正如林辰在《鲁迅旧诗笺注》中所说："前者满目萧条，后者生意盎然。诗人正因为厌弃前者，要求改变这种状况，所以才希望画家另运新意，画出一幅明艳宜人的'春山'来，这里蕴藏着无限希望和理想。"张自强也说："诗人悲愤于祖国的现状，恨不得如画家倾泼朱墨绘春山那样，用一枝巨笔，将人世间一切阴霾扫荡尽净，让中华大地永远是明媚艳丽的春光。"

学生和玉佛

寂寞空城①在，仓皇古董迁②。

头儿夸大口③，面子靠中坚。

惊扰讵云妄④？奔逃只自怜：

所嗟非玉佛⑤，不值一文钱。

〔题解〕

这首诗作于1933年1月30日，原无诗题。据《南腔北调集·学生和玉佛》："三十日，'堕落文人'周动轩先生见之，有诗叹曰：'寂寞空城在……'"此文最初以周动轩的名义发表于1933年2月16日《论语》半月刊11期。当时日本大举进攻中国热河，国民党当局"救国大计未见，而急急于古物之迁徙"，前后运走14861箱故宫文物。鲁迅在《崇实》一文中，揭露了他们靠倒卖古物大发国难财的本质："倘说，如果古物古的很，有一无二，所以是宝贝，应该赶快搬走的罢……但我们也没有两个北平，而且那地方也比一切现存的古物还要古……为什么要撇下不管，单搬古物呢？说句老实话，那就是并非因为古物的'古'，倒是为了它在失掉北平之后还可以随身带着，随时卖出铜钱来。"此举遭到爱国学生的反对，但国民党当局随即以教育部的名义对逃课参加抗日活动的学生进行打压，指斥他们"败坏校规"。针对这一现象，鲁迅写了《学生和玉佛》《论"赴难"和

"逃难"》《逃的辩护》等作品加以揭露。

〔注释〕

①空城：指被弃守的北平城。

②古董迁：鲁迅《学生和玉佛》里说："一月二十八日《申报》号外载十七日北平专电曰：故宫古物即起运，北宁平汉两路已奉令备车，团城白玉佛亦将南运。"

③头儿夸大口：蒋介石曾被迫对请愿抗日的学生说："现在政府正在积极准备抵抗日本，如果三年以后，失地不能恢复，当杀我蒋中正的头以谢天下。"

④惊扰讵云妄：鲁迅《学生和玉佛》里说："二十九日号外又载二十八日中央社电传教育部电平各大学，略曰：'据各报载榆关告紧之际，北平各大学中颇有逃考及提前放假等情，均经调查确实。查大学生为国民中坚分子，讵容妄自惊扰，败坏校规，学校当局迄无呈报，迹近宽纵，亦属非是……'"这句是对该声明的驳斥，意为：怎么能说大学生们的"逃难"和"赴难"是妄自惊扰呢？

⑤玉佛：北京团城承光殿中的白玉佛。

〔评点〕

从诗题《学生和玉佛》可以看出，这首诗所写内容是以学生和玉佛为主的，作者有意将看似风马牛不相及的二者相并列，通过对"学生"和"玉佛"不同命运的对比，表达对国民政府唯利是图、弃人民不顾之行径的不满。

"空城"和"古董"都是实物，是具体的意象，但"空城"

的存在是"寂寞"的，"古董"的南迁是"仓皇"的，鲁迅用这两个修饰语生动地将国民党弃守北平并携古物南逃的窘态表现出来了，全句虽未着一戏谑之词，然讽刺之意尽显。颔联笔触由大事件转移到小事件，是针对蒋介石、朱家骅等人的言行而发，指斥统治者只会玩文字游戏，颠倒黑白。颈联表达了对学生遭际的同情，当时国民党当局以学生为"中坚"分子，号召他们不要逃难，要为政府装点门面。实际情形是无拳无勇的学生"赴难"不得，又无政府的保护，唯有"逃难"。但这一无可奈何的举动却被国民政府认作是"妄自惊扰，败坏校规"，有损他们"国民中坚分子"的形象。对于统治者觍颜事敌，将国家存亡的责任移至学生逃难与否的行径，鲁迅深表愤怒，他替处在两难境地中的学生发出感慨：如果学生像古董那样值钱，统治者也不会不管他们的死活了。

司马迁曾用"其称文小而其指极大，举类迩而见义远"，来评价屈原的创作，周振甫认为此语也适用于该诗。在他看来，学生和玉佛是"称文小""举类迩"的平凡人事，但却能够深刻揭露国民党统治者的丑恶嘴脸，可谓"其指极大""见义远"。除了以小见大的写作手法外，鲁迅还"带着镣铐跳舞"，在五言律诗的古体形式中杂以现代语言，既对仗工稳又不失平仄，可谓"以杂文入诗"的典范。

吊大学生

阔人已骑文化①去，此地空余文化城②。

文化一去不复返，古城千载冷清清。

专车队队前门站，晦气重重大学生。

日薄榆关③何处抗，烟花场上没人惊④。

〔题解〕

　　这首诗见于鲁迅1933年1月31日所作《崇实》，内容大略如下："这回北平的迁移古物和不准大学生逃难，发令的有道理，批评的也有道理，不过这都是些字面，并不是精髓……废话不如少说，只剥崔颢《黄鹤楼》诗以吊之，曰：'阔人已骑文化去……'。"该文以"何家干"的名义初次发表在同年2月的《申报·自由谈》上，收入《伪自由书》时，鲁迅对原诗做了改动："日入"作"日薄"。文中所言崔颢为唐朝诗人，他的《黄鹤楼》全诗云：

　　　　昔人已乘黄鹤去，此地空余黄鹤楼。

　　　　黄鹤一去不复返，白云千载空悠悠。

　　　　晴川历历汉阳树，芳草萋萋鹦鹉洲。

　　　　日暮乡关何处是，烟波江上使人愁。

除《吊大学生》外，也有据出处将诗题命为《崇实》的。其余创作背景参见《学生和玉佛》一诗。

一六一

〔注释〕

①文化：指文物、古董等。

②文化城：1932年，北平文化界名流江瀚、刘半农、马衡等30余人集会，呈请国民政府"明定北平为文化城，将一切军事设备挪往保定"，并幻想"将来的北平，像欧洲的瑞士一样，永远受不到战争的骚扰，像英国的牛津、剑桥两处一样，永远沉浸于文化的酒泉之中"。而这一设想恰好落入了日本侵略者的圈套。

③日薄榆关："榆关"即山海关，蒙恬灭胡，植榆为塞，因此得名。"日薄榆关"是说日本侵略军逼近山海关，同时暗喻形势危急。

④烟花场：代青楼馆榭，杜甫《清明》："秦城楼阁烟花里，汉主山河锦绣中。"在日军大举入侵中国、山海关沦陷之际，国民党当局却依然过着花天酒地、荒淫无耻的生活。

〔评点〕

郑心伶认为，这首诗可与《学生和玉佛》合为姊妹篇，因为两首诗不仅在题材和主题上是一致的，而且在内容上也是紧密相连的。但这首诗也有其自身的特点，它是在"活剥"前人名作基础上完成的。鲁迅以崔颢《黄鹤楼》的成句结篇，虽不协律，但信手拈来，一气呵成，在打油中自成新境。不同的是，崔颢深谙虚实结合之道，从楼的命名之由来着想，借传说落笔，然后生发开去。仙人乘鹤，本属虚无，崔颢以无作有，说它"一去不复返"，就有时光易逝之憾；仙去楼空，唯余茫茫白云，悠悠千载，表现的是世事无常之慨。而鲁迅则从历史事实出发，由眼前景象着手，然后下笔成文，抒发的是对国民政府唯利是图、不顾苍生行为的愤懑。

从首联开始，"文化"二字再三出现，使读者有"手挥五弦，目送飞鸿"之感，"骑"字形象地摹画出了"阔人"携古董南逃时的窘态，"空"字则将北平城无人防守这一事实展露无遗；颔联紧承首联，如"骊龙之珠，抱而不脱"，"不复返"和"冷清清"是对首联所述事实的补充，两联连成一个整体，共同言说文化古物已经流失，"千载"古城从此冷清这一事实，使作者情感得到进一步强化；颈联与前联之意相承，叙"阔人"，古董已随队队专车远去，空留"晦气重重""不值一文钱"的学生，这一对比不但烘染出了鲁迅心系苍生的愁绪，也使国民党当局的无耻行径更加清晰地暴露出来。尾联以日军逼近山海关，统治者却无动于衷作结，与开头"阔人"弃城逃跑、卖国自肥的无耻行径相呼应，以此表达鲁迅的愤怒。

此诗不古不律，亦古亦律，前半首用散调变格，后半首就整饬归正，前后似成两截，然文势是一以贯之的。鲁迅仿效崔诗形式，不以锱铢为工，超然不为律缚，气昌而有余意。但该诗在风调上与崔诗亦有所不同，它重在讽刺和揭露，是一种泼辣战斗的文风。

一

六

三

题《呐喊》

弄文罹文网^①，抗世违世情^②。
积毁可销骨^③，空留纸上声。

〔题解〕

  据 1933 年 3 月 2 日《鲁迅日记》："山县氏索小说并题诗，于夜写二册赠之。《呐喊》云：'弄文罹文网……'"山县氏名初男，日本旧军人，曾参与过十九路军"福建事变"，时任湖北冶萍煤铁公司顾问，对中国古典文学很有兴趣，在内山完造的介绍下与鲁迅相识。鲁迅曾在 1930 年 6 月 15 的日记中写道："晚内山完造招饮于觉林，同席室伏高信……山田初男、郑伯奇、郁达夫共九人。"《呐喊》初版于 1923 年 8 月，是鲁迅第一部短篇小说集，收录了《狂人日记》《阿 Q 正传》等作品。这首题诗是鲁迅在《呐喊》出版十年之际而作，因而我们不仅要关注所题对象《呐喊》，还要兼顾到鲁迅这十年来的遭际。1931 年 2 月 5 日，鲁迅致信荆有麟时说："我自寓沪以来，久为一班无聊文人造谣之资料，忽而开书店，忽而月收版税万余元，忽而得中央党部文学奖金，忽而收苏俄卢布，忽而往莫斯科，忽而被捕，而我自己，却全不知道有这么一回事。"这些对该诗的创作都有着一定的影响。

〔注释〕

①文网：统治阶级为迫害文人所施行的各种反动文化政策，如国民党当局制定的《出版法》《危害民国紧急治罪法》《宣传品审查标准》等。鲁迅在《草鞋脚·小引》中说："……而迫害也更加厉害，禁止出版，烧掉书籍，杀戮作家，有许多青年，竟至于在黑暗中，将生命殉了他的工作了。"

②世情：据周振甫注："当世的人情习俗，指封建礼教说。"

③积毁可销骨：语出《文选》邹阳《狱中上梁王书》："众口铄金，积毁销骨。"

〔评点〕

张恩和评价此诗道："这短短的四句不过20字的诗，简直就是鲁迅一生战斗的生动写照，更是他全部战斗精神的阐释和发扬。"前两句相辅相成，交相辉映，揭露作者遭遇国民政府迫害的现实和原因；后两句拓展诗意，自成新境，抒发了鲁迅的无可奈何之慨。

"弄文罹文网"，是说鲁迅在《呐喊》出版之后"抗世引起之政治迫害也"。"罹""违"说明鲁迅"昔曾弄笔，志在革新"（1931年2月4日《致李秉中》）的行为严重违逆了当时的社会规则。"文网"有双重含义：一是指国民党统治者给鲁迅布下的罗网，在此期间，鲁迅或被明令通缉，或被暗中监视，甚至险遭杀戮；二是指各阶层文人共同为鲁迅编织的罗网，他们"造作蜚语，力施中伤"。比如张定璜在《鲁迅先生》一文中，就诬蔑《呐喊》是在"嫌恶中国人，咒骂中国人"，叶灵凤在《穷愁的自传》中甚至塑造了一个用《呐喊》作厕纸的主人公。鲁迅在《三闲集·序言》中回忆道："我到了上海，却遇见文豪们的笔尖的围剿了，创造社，太阳社，'正人君子'们的新月社中人，都说我不好，连并不标榜文派的现在多升为作家或教授的先生们，那时的文字里，也得时常暗暗地奚落我几句，以表示他们的高明。""抗世违世情"是对"罹文网"原因的交代，正因《呐喊》的创作"立意在反抗，指归在动作"（《摩罗诗力说》），是"抗世"和"违世情"的，是反封建、反礼教的，所以才会"为世所不悦"，才会使鲁迅身陷囹圄。

三、四句紧承前句，结以纸上声。"积毁可销骨"借邹阳"众口铄金，积毁销骨"的典故，极言"抗世引起之社会迫害也"，毁谤之多，人言可畏，足以使自己和亲人遭到祸殃。当时有流言称，鲁迅收了苏俄的卢布，又有谣言说他通日寇叛国。此外，他还被冠之以"学匪""封建余孽""堕落文人""法西斯主义者""汉奸"等名号，这些层出不穷的造谣和诬陷，让鲁迅应接不暇。他在1931年2月2日致信韦素园时不禁感慨："在中国，确是谣言也足以谋害人的。""空留纸上声"是鲁迅对《呐喊》现实意义的反思，也是全诗的中心。鲁迅写《呐喊》目的是"慰藉那在寂寞里奔驰的猛士，使他不惮于前驱"（《呐喊·自序》），是为反帝反封建的民主革命呐喊助威。然而，十年前的旧作仍然"流行于新人物间"，《呐喊》没能"与时弊同时灭亡"，说明预期并未实现，这让鲁迅不禁发出"空留纸上声"的感慨。鲁迅这时已经意识到文学所能发挥的作用是极其有限的，"积毁可销骨"的现状远非文学作品的力量能够改变，于是萌生了"改革最快的还是火与剑"（《两地书·十》）的想法，"空留纸上声"暗藏着鲁迅文艺思想的发展和转变。

题《彷徨》

寂寞新文苑[①]，平安旧战场[②]。

两间[③]余一卒[④]，荷戟[⑤]独彷徨。

〔题解〕

据 1933 年 3 月 2 日《鲁迅日记》："山县氏索小说并题诗，于夜写二册赠之……《彷徨》云：'寂寞新文苑……'"1934 年 7 月《人间世》高疆《今人诗话》谓该诗是"讲文学界的"。关于《彷徨》，鲁迅在《南腔北调集》的《自选集·自序》中说："后来《新青年》的团体散掉了，有的高升，有的退隐，有的前进，我又经验了一回同一战阵中的伙伴还是会这么变化，并且落得一个'作家'的头衔，依然在沙漠中走来走去，不过已经逃不出在散漫的刊物上做文字，叫作随便谈谈……得到较整齐的材料，则还是做短篇小说，只因为成了游勇，布不成阵了，所以技术虽然比先前好一些，思路也似乎较无拘束，而战斗的意气却冷得不少。新的战友在哪里呢？我想，这是很不好的。于是集印了这时期的十一篇作品，谓之《彷徨》，愿以后不再这模样。"这首诗就是在这样一种心境下创作出来的。然而与《题〈呐喊〉》不同，这首诗所涉时间范围主要是指 1924—1925 年间鲁迅创作《彷徨》《野草》那样一个时期。

〔注释〕

①新文苑：指新文化运动后的文艺界。

②旧战场：指"五四"时期新文化阵营与封建阵营对垒的阵地。鲁迅《且介亭杂文二集〈中国新文学大系〉小说二集序〉》："北京虽然是'五四运动'的策源地，但自从支持着《新青年》和《新潮》的人们，风流云散以来，1920至1922年这三年间，倒显着寂寞荒凉的古战场的情景。"

③两间：天地间，这里是指"新文苑"和"旧战场"之间。鲁迅的《摩罗诗力说》中，曾有"盖缘人在两间"，"若其生活两间"等说法。

④一卒：独立作战的士兵。《野草·这样的战士》里的战士拿着"脱手一掷的投枪"就是所谓的"一卒"。

⑤荷戟：状战士不肯放下武器的姿态。张载《剑阁铭》："一夫荷戟，万夫趑趄。"鲁迅曾在《彷徨》扉页题"路漫漫其修远兮，吾将上下而求索"句，以此阐明心志。

〔评点〕

这首诗是鲁迅围绕《彷徨》而作，中心意思是说自己曾经怎样历经"彷徨"。前两句是针对整个文化界而发，后两句是针对自己而发。

"寂寞新文苑"，是对新文化营垒中人"有的高升，有的退隐，有的前进"现象的感慨。比如胡适从新文化阵营中"高升"，并与守旧派把酒言欢；刘半农、钱玄同等人"退隐"到书斋中，过起逍遥自在的生活；李大钊等"前进"分子则从事革命运动去了。"寂寞"说明了鲁迅在思想文化战线上的处境，是他

"成了游勇，布不成阵"落寞心情的直观反映。"平安旧战场"是对新文化运动由"分化"到暂趋"平安"的高度概括，而且前后两句呈现出一种因果关系，正因新文化阵营内部出现了分化，曾经的战场才会稍显平静。

"两间余一卒"一句承上启下，将笔触由大环境转移到了个人，鲁迅在敌人和革命战线之间"拳来拳对，刀来刀当"（《两地书——七十九》），是两军对阵中留下来的唯一战士。"荷戟独彷徨"一句苍凉悲壮，于此为烈。它是鲁迅"路漫漫其修远兮，吾将上下而求索"的心志的反映，恰如其分地表达了鲁迅在艰难的革命征程中内心深处的痛苦，以及"绝不灰心，决不妥洽"（许寿裳《我所认识的鲁迅》）的坚强意志。许寿裳曾就此打趣道："你（鲁迅）的诗'两间余一卒，荷戟独彷徨'，已经变成'两间余一卒，荷戟独冲锋'了。"（《亡友鲁迅印象记·上海生活——后五年》）"冲锋"本为老友调侃之词，但却是鲁迅战斗思想的绝佳概括。

吴奔星对这首五绝在艺术上的成就给出了很高的评价，他认为这首诗和《题〈呐喊〉》"第一、二句都是对句，三、四句都是散句，整散兼行，既有音韵铿锵的节奏感，又有灵活自如的生动性，而且"对仗自如，毫无艰涩之感。散句结尾，韵味悠长，既能体会其情感之深厚，尤能想象其形象之动人"。

悼杨铨

岂有豪情①似旧时，花开花落②两由之。
何期泪洒江南雨③，又为斯民④哭健儿⑤。

〔题解〕

据 1933 年 6 月 21 日《鲁迅日记》："下午为坪井先生之友樋口良平君书一绝云：'岂有豪情似旧时……'"诗题中的杨铨，字杏佛，江西清江人，曾为南社社员，时为中央研究院总干事、中国民权保障同盟执行委员。杨铨身为国民党党员，却致力于反对蒋介石的法西斯统治，争取民主自由，并为营救被捕的共产党人和进步人士奔走呼号。冯雪峰在《回忆鲁迅》一文中曾说："当杨杏佛先生被暗杀以前，国民党已经放出了要杀他的风声；听到这种风声，鲁迅先生说道：'像他，本来是国民党方面的人，至于要同情共产党，我看也不过为了民族而已。'"1933 年 6 月 18 日，杨铨被国民党法西斯特务组织蓝衣社暗杀于上海。这是自 1931 年 2 月左联五作家被杀后，国民党对进步文化人士又一次公开地杀戮。鲁迅在两天后的日记中写道："午后同（许寿裳）往万国殡仪馆送杨杏佛殓。"又据许寿裳《亡友鲁迅印象记》："6 月，杏佛被刺，时盛传鲁迅亦将不免之说。他对我说，实在应该去送殓的。我想了一想，答道：'那么我们同去。'是日大雨，鲁迅送殓回去，成诗一首：'岂有豪情似旧时……'"鲁迅20日晚归家作成此诗并书赠夫人许广平，次日又赠予上海纺织股份公司附属医院医生樋口良平。

〔注释〕

①豪情：鲁迅《华盖集·题记》："乐则大笑，悲则大叫，愤则大骂。"

②花开花落：喻盛衰荣辱，白居易《牡丹芳》："花开花落二十日，一城之人皆若狂。"这里是说自己对暗无天日的世界已经见怪不怪了，这是愤激之语。但王尔龄在《说"花开花落两由之"》一文中认为："'花开花落'句，是对敦煌变文《佛说观弥勒菩萨上生兜率天经讲经文》中的一篇韵文的反用"，是统治者通过诱骗的手段让革命者追求"花开花落分朝暮"的不问世事、不食人间烟火的"太虚幻境"。

③江南雨：杨铨被暗杀那两天一直下雨，这里暗含苍天为杨铨落泪之意。

④斯民：老百姓。《论语·卫灵公》："斯民也，三代之所直道而行也。"朱熹注："斯民也，今此之人也。"

⑤健儿：英勇之士，指杨铨。《乐府·折杨柳歌》："健儿须快马，快马须健儿。"

〔评点〕

这首悼念亡友的诗表达了鲁迅的愤激之情。"岂有豪情似旧时"即为愤激之语，是对自己过去情感状态的概括，意思是"我哪里还有过去那样的革命豪情呢？"它是鲁迅对那个"风雨如晦，鸡鸣不已"时代的无声控诉。面对凶残的统治者，鲁迅过去是"我以我血荐轩辕"，现在则深感"夜正长，路也正长"，还是"不如忘却，不说的好罢"。历经"三一八"惨案、左联战友被杀等"白色恐怖"之后，鲁迅早已对暗无天日的世界习以为常，正如他在《上海所感》中所言："初看见血，心里是不舒服的，不过久住在杀人的名胜之区，则即使见了挂着的头颅，也不怎么诧异。这就是因为能够习惯的缘故。"第二句紧承前句，是对自己当前心境的说明。鲁迅向来"敢于直面惨淡的人生"，"敢于正视淋漓的鲜血"，即使谣传自己会有杀身之祸，他心里也并不惶恐。1933年6月，鲁迅致信台静农时曾言："无怨于生，亦无怖于死……"正如诗句所言，这确是一份难得的"花开花落两由之"的境界，是一份与毛泽东"不管风吹浪打，胜似闲庭信步"的情感极为相似的状态。前两句是作者久积深仇，对国民党统治者表示极端愤懑的反语，曹礼吾谓："此言饱经患难，情感麻痹，哀乐两忘也，极端愤懑之辞。"从中我们也可以感受到鲁迅思想发展的演变：目睹了"白色恐怖"下的社会众生相后，鲁迅的思想有了新的提升，因为只有对革命前景持乐观态度，才能让鲁迅对暂时的流血牺牲坦然面对，对"花开花落又经春"的自然规律深信不疑。

"何期""又为"使得全诗的调子急转直上，鲁迅是"向来不惮以最坏的恶意，来推测中国人的"，然而他竟没有料到统治者"竟会下劣凶残到这地步"。身为国民党的杨铨被蒋介石政府刺杀，还是让鲁迅颇为震惊的："可见今天的国民党当局，只要是爱国者就都是共产党，就都要加以消灭……"（见冯雪峰《回忆鲁迅》）杨铨出殡之日正值大雨，鲁迅也因老友无辜惨死而老泪纵横。"天上滂沱雨，人间纵横泪"，此情此景，真挚动人。最后一句直抒胸臆，鲁迅既是在为民族精英的殉难悲痛，也是在为中华民族的不幸悲愤！

该诗先抑后扬，波澜跌宕，可谓"字字白虹，声声碧血"。鲁迅直抒胸臆，令人心堕魂折，其情殷殷，溢于言表。许寿裳评价该诗："才气纵横，富于新意，无异龚自珍。"龚自珍曾于壬子年作《歌哭》诗，可供参考。诗云：

阅历名场万态更，原非感慨为苍生。

西邻吊罢东邻贺，歌哭前贤较有情。

题三义塔

奔霆飞熛①歼人子②，败井颓垣剩饿鸠。
偶值大心③离火宅④，终遗高塔念瀛洲⑤。
精禽⑥梦觉⑦仍衔石，斗士⑧诚坚共抗流。
度尽劫波⑨兄弟在，相逢一笑泯恩仇。

〔题解〕

　　据1933年6月21日《鲁迅日记》："为西村真琴博士书一横卷云：'奔霆飞焰歼人子……'西村博士于上海战后，得丧家之鸠，持归养之。初亦相安而终化去，建塔以藏，且征题咏。率成一律，聊答遐情云尔。"诗题和小序是鲁迅将此诗寄送给《集外集》编者杨霁云时所加，并将原诗中的"焰"改作"熛"。

　　西村真琴是具有反战思想的日本医生，内山完造曾在《花甲录》中赞其为"黑暗中没有失去理性的人"。"一·二八"事变中，他作为大阪《每日新闻》社医疗服务团团长来上海，为受伤的中国民众免费治疗，此间于闸北三义里废墟中得一鸠，取名"三义"。西村真琴将"三义"携归日本与家中鸽子喂养在一起，见其"亲睦之态"，亲画鸽子图并"感而咏之"，歌曰："邦国虽殊异，一在东兮一在西，小小鸽儿们，亲亲密密相偎依，在同一个窝里。"但鸽子不幸于1933年初死去，西村真琴和当地民众认为它是一只义鸠，建塔立碑以为纪念，上刻"三义冢昭和八年三月建重光向阳题",后致函向鲁迅索取题诗。据1933年4月29日《鲁迅日记》:"得西村真琴信,并自绘鸠图一枚。"又据同年6月9日日记:"风。午后雨。得西村真琴信。"本诗就是在这样一种背景下作成的。

〔注释〕

①奔霆飞熛:《尔雅》:"疾雷为霆。"《说文》:"熛,火飞也。""奔霆飞熛"指狂轰滥炸的枪炮和炸弹。

②人子:指人民。《国语·晋语》:"夫为人子者,惧不孝。"

③大心:为佛教用语"大悲心"之省略语,指西村真琴的仁爱之心。又《管子·内业》:"大心而敢,宽气而广。"

④火宅:灾难之地。《法华经·譬喻经》:"三界无安,犹如火宅。"

⑤瀛洲:以神山名代日本。《史记·秦始皇本纪》:"齐人徐市(福)等上书言,海中有三神山:蓬莱、方丈、瀛洲。"

⑥精禽:即精卫。《山海经·北山经》:"精卫,其鸣自詨。是炎帝之少女,名曰女娃。女娃游于东海,溺而不返,故为精卫;常衔西山之木石,以堙于东海。"

⑦梦觉:《庄子·齐物论》:"昔者庄周梦为蝴蝶,栩栩然蝴蝶也,不知周也;俄而觉,则蘧蘧然周也。"这里有死而复生之意。

⑧斗士:《左传·僖公十五年》:"师少于我,斗士倍我。"这里指一切反战者。

⑨劫波:长时期之意。《鲁迅全集》注:劫波,梵语,印度神话创造之神大梵天称一个昼夜为一个劫波,相当人间的

四十三亿三千二百万年。也有解释认为"劫波"即"劫难"。

〔**评点**〕

这是一首酬答友人的七言律诗，鲁迅在写实、遐想与抒情中结撰全篇。前两联是对日军罪恶的揭露，是纪事；后两联是对中日两国人民友好前景的祈愿，是寄情。

鲁迅以"饿鸠"之生作为千万被涂炭生灵的观照，是对日军"奔霆飞熛歼人子"行径的有力控诉。其中，一"歼"一"剩"互为因果，一"败"一"颓"相互映衬。山河破碎，生民蒙难，鲁迅对凶残的侵略者充满了愤怒。颔联将日本侵略者与日本人民进行了区分，不仅拯救"饿鸠"脱离"火宅"的西村真琴是日本人，为"饿鸠"之死悲痛并为其建碑立塔的也是日本人。由此可见，日本普通民众是有着"大悲心"的，与侵略者有着本质的区别。

后两联以精卫填海的典故入诗：女娲溺而不返，"梦觉"而成精卫，衔木石以埋东海；遗鸠埋骨他乡，化身和平使者，架两国友谊之桥。鲁迅在《闻小林同志之死》的唁信中曾明确表示："中日两国人民群众，亲如兄弟。""精禽衔石"，"斗士抗流"，端赖反战人士的共同努力，中日两国终会"度尽劫波兄弟在，相逢一笑泯恩仇"。鲁迅民族大义和人类之爱兼而有之，并对日本人民有着深刻的了解，因而能够站在新的历史高度看问题。

诗人没有选取重大的政治军事场景，没有刻意追求诗史气魄，而是别出机杼，选取不为人关注的细小片段，以小见大。全诗以情理设位，纲领昭畅，结构谨严，对仗工稳，实属佳作。

无　题

禹域①多飞将②，蜗庐③剩逸民④。

夜邀潭底影⑤，玄酒⑥颂皇仁⑦。

〔题解〕

据 1933 年 6 月 28 日《鲁迅日记》："下午为萍荪书一幅云：'禹域多飞将……'又为陶轩书一幅云：'如磐遥夜拥重楼……'二幅皆达夫持来。"黄萍荪，浙江杭州人，曾作《鲁迅的革命问题》一文诋毁鲁迅，后以求教之名托郁达夫向名人索取题诗，鲁迅、柳亚子等均为索取对象。许广平在《回忆伟大的鲁迅》中说："待到（题诗）寄出不久，鲁迅的字就被制作做《越风》杂志的封面了。而这杂志，是替蒋介石方面卖力的。当时鲁迅看到如此下流的人这样地利用他的字来蒙骗读者，非常之愤恨。"这以后，黄萍荪又多次去信请鲁迅为《越风》写稿，均遭到鲁迅的拒绝。《鲁迅佚文集》曾收录有关文稿，鲁迅针对此事写道："有黄萍荪者，又伏许叶嗾使，办一小报，约每月必诋我两次，则得薪金三十。黄竟以此起家，为教育厅小官，遂编《越风》，函约'名人'撰稿，谈忠烈遗闻，名流轶事，自忘其本来面目矣。'会稽乃报仇雪耻之乡'，然一遇叭儿，亦复途穷道尽！"该诗后辑入《集外集拾遗》。

〔注释〕

①禹域：狭义指会稽（今浙江），这里指中国。《尚书·禹贡》："禹别九州。"又《左传·襄公四年》："芒芒禹迹，画为九州。"

②飞将：《史记·李将军传》："广居右北平，匈奴闻之，号曰汉之飞将军。"这里指国民政府豢养之鹰犬、走卒。也有人认为"飞将"是指国民政府的空军。

③蜗庐：即蜗牛庐，简陋的居所。《三国志·魏志·管宁传》南朝宋裴松之注引《魏略》云："（焦先）自作一瓜牛庐，净扫其中。营木为床，布草蓐其上。"又"焦先及杨沛，并作瓜牛庐，止其中。以为瓜当作蜗；蜗牛，螺虫之有角者也，俗或呼为黄犊。先等作圜舍，形如蜗牛庐蔽，故谓之蜗牛庐"。鲁迅《二心集·序言》："蜗牛庐者，是三国时所谓'隐逸'的焦先曾经居住的那样的草窠，大约和现在江北穷人手搭的草棚相仿，不过还要小，光光的伏在那里面，少出，少动，无衣，无食，无言。因为那时是军阀混战、任意杀掠的时候，心里不以为然的人，只有这样才可以苟延他的残喘。"

④逸民：《正韵》："逸，隐也，遁也。"原指避世之人，这里当是鲁迅自谓。张向天认为"逸民"是"蚁民"的谐音，泛指平民百姓；也有人认为是指逃避斗争的"隐士"。权作参考。

⑤潭底影：贾岛《送无可上人》："独行潭底影，数息树边身。"这里还有写实的成分，鲁迅在 1933 年 7 月 11 日致信日本友人山本初枝时曾说："我这次的住处很好，前面有

块空地，雨后蛙声大作，如在乡间。"

⑥玄酒：《礼·礼运》："玄酒在室。"孔颖达疏："玄酒，
谓水也，以其色黑谓之玄。而太古无酒，此水当酒所用，
故谓之玄酒。"

⑦颂皇仁：歌颂皇天的仁慈，此处为反语。

〔评点〕

　　这是一首讽喻日本侵略者和国民党当局的佳作。诗人以"禹
域"指称中国，并非毫无用意。大禹"三过家门而不入"，心系
苍生，为治水足迹遍布全国，"禹域"由此得名。而国民政府统
治下的中国，却"飞将"丛生。"飞将"原指李广，王昌龄有
"但使龙城飞将在，不教胡马度阴山"的佳句，后人遂以世之骁
勇善战者为"飞将"。鲁迅极尽讽刺之能事，以"飞将"指称国
民政府豢养之鹰犬，他们采取各种手段屠戮百姓。

　　第二句中的"蜗庐""逸民"让人很容易与"斯是陋室，惟
吾德馨"联系起来，鲁迅似在营造隐逸之境，然而事实并非如
此。名士隐居陋室是主动为之，追求的是无丝竹乱耳、无案牍劳
形的闲适生活，而眼下却是另外一番场景：诗人在统治者剿杀
下，不得不避居"蜗庐"，蛰居不出，如此才能死里逃生。

　　鲁迅在第三句笔锋一转，化用前人诗句以抒情。"独行潭底
影，数息树边身"是贾岛生平得意之作，可谓"两句三年得，一
吟双泪流"。贾岛送从弟赴天台问道，从弟离去，只有树木和他
相伴；鲁迅心系苍生，国破人亡，只剩潭影与之相随。两人情感
穿越时空形成共鸣，于此交汇。不同之处在于：贾岛孤独之感源
于离别，鲁迅寂寞之慨生于家国。鲁迅形在潭水，心存魏阙，形

清影孤的他在没有东西可以奉献的情况下，只能用"潢汙行潦之水"代酒"以荐鬼神"（《左传·隐公二年》）。这与李白"举杯邀明月，对影成三人"的意境颇为相似。

"颂皇仁"一语志隐遥深，一如诗人在《伪自由书·王化》中所说："草野小民生逢盛世，唯有逡听欢呼，闻风鼓舞而已！"此语看似在感谢日军和国民政府的不杀之恩，实则恰恰相反。周振甫对此解释道："'逸民'悲痛到了极点，感觉反而会麻木起来，以自己的不死为幸了，这正是写出更深的悲哀。"这其实正是对统治者"最宽仁的王化政策"的讽刺，是对他们企图在中国建立"王道乐土"的控诉！周振甫等把"飞将"解释为国民政府的空军，"逸民"解释成普通百姓，认为这首诗是对"一·二八"战后情景的反映。此说可供参考。

白居易在《新乐府序》中说："首句标其目，卒章显其志。"意思是说作诗、行文时先不阐明心志，到结尾时再以精彩的议论进行画龙点睛式的归纳。这首诗一、二两句直言其事，三、四句反语出之，辞质而径，言直而切，鲁迅虽未置一评价之语，然批判力量自蕴其中。曹礼吾谓该诗："意愈严峻，语愈纡徐……此则融嬉笑与怒骂为一体，讽刺诗之新境界也。"

悼丁君

如磐夜气压重楼，剪柳春风①导九秋②。

瑶瑟凝尘③清怨绝④，可怜无女耀高丘⑤。

〔题解〕

据 1933 年 6 月 28 日《鲁迅日记》："下午为萍苏书一幅云：'禹域多飞将……'又为陶轩书一幅云：'如磐遥夜拥重楼……'二幅皆达夫持来。"后鲁迅对该诗做了更改，"遥夜"作"夜气"、"拥"作"压"、"湘"作"瑶"，并寄给好友曹聚仁要求发表："旧诗一首，不知可登《涛声》否？"（1933 年 9 月 21 日，致信曹聚仁》）。应鲁迅要求，曹聚仁将该诗发表在 1933 年 9 月 30 日出版的《涛声》周刊第 2 卷第 38 期上。

诗题中的"丁君"即丁玲，原名蒋冰之，湖南临澧人，左联作家，代表作有《莎菲女士的日记》《太阳照在桑干河上》等。茅盾在《我走过的道路》中说："丁玲是左翼文艺运动兴起后，出现的第一个最有才华、最有希望的女作家。"1933 年 5 月，丁玲于上海被捕，社会上随即有丁玲被害的传言，鲁迅听到消息后作此诗。但事后证实丁玲被杀只是误传。据丁玲《鲁迅先生于我》回忆，鲁迅逝世时，她曾以"耀高丘"为名给许广平致唁信，并说："我想我还是鲁迅先生的学生，他对我永远是指引道路的人，我是站在他这一面的。"后该诗辑入《集外集》。

〔注释〕

①剪柳春风：贺知章《咏柳》："不知细叶谁裁出，二月春风似剪刀。"

②九秋：《梁元帝纂要》："秋日三秋，亦曰九秋。"秋季共九十天，"九秋"即深秋。

③瑶瑟凝尘：瑶瑟上凝聚着尘土，指没有人弹奏了。

④清怨绝：钱起《归雁》："二十五弦弹夜月，不胜清怨却归来。"意为瑶声断绝，暗指丁玲遇害。

⑤高丘：喻祖国。屈原《离骚》："忽反顾以流涕兮，哀高丘之无女。"此句仍用湘灵鼓瑟的典故，详见《湘灵歌》注释。

〔评点〕

这首诗是鲁迅在听到丁玲遇害的消息后，怀着极度悲愤的心情写下的，是鲁迅少有的要求公开发表的诗作。诗人以清丽的意境传达出浓郁的情感，气韵流畅，用词洗练，表达了鲁迅对统治者的极度愤恨和对被害者的赞美和哀悼。

"如磐夜气压重楼"一句奠定全诗基调，甚言环境之压抑，状"白色恐怖"像压下来的磐石一样令人感到窒息。"重楼"常喻女子闺阁，李璟有"手卷珍珠上玉钩，依前春恨锁重楼"的诗句，因而此句还当有丁玲于住所被逮捕之意。"剪柳春风"带给人间的本应是百草繁茂的景象，但却让人感到是处在凉风肃杀的深秋，鲁迅以此表现政治气候之恶劣。曹礼吾认为："剪柳春风，生机所出，已导致九秋之肃杀；犹革命文艺方抬头，已导致反动统治之迫害也。"

三、四句述哀悼之情，落笔不凡。"瑶瑟凝尘"即瑶瑟长久无人弹奏而积尘，"瑟无人鼓，则尘埃凝聚"。"清怨绝"谓瑶声断绝。此句有"珠沉玉埋"，人琴俱亡之意，暗指丁玲生命和创作遭遇终结。《鲁迅日记》中"瑶瑟"原作"湘瑟"，是在化用湘灵鼓瑟的典故，丁玲籍贯湖南，故鲁迅有此比况。此外，湘灵弹奏瑶瑟是在隐喻丁玲的写作活动，以此阐明她的作家身份；"清怨"是诗人对丁玲创作成就的高度肯定；"绝"则交代了丁玲的被害。全句字字珠玑，可谓匠心独运。"可怜无女耀高丘"本于《离骚》"哀高丘之无女"，丁玲是现代中国文坛女作家中的翘楚，他的《莎菲女士的日记》等作品曾在文坛产生过极大的影响。毛泽东后来在延安盛赞她"昨日文小姐，今日武将军"。此句是说，丁玲的遇害让祖国文坛失色不少，意境非凡，别有韵味。这首诗的意义并不囿于丁玲个人，"白色恐怖"笼罩下的上海，革命作家被杀绝非个别现象，正如鲁迅 1933 年 6 月 26 日致信王志之时所言："其实，在上海，失踪的人是常有的，只因为无名，所以无人提起。"柔石、胡也频、杨杏佛等革命作家就惨遭杀害。

关于该诗在艺术上的特点，郑心伶评价道："本诗就如悲喜时节的歌哭一般，极能释愤抒情，但不如《为了忘却的纪念》那样郁怒，也不如《悼杨铨》那样锋芒毕露，而是妙用《楚辞》，含意无穷，哀切有余，所以，曾被人称为'一时绝构'。"

赠人二首（其一）

明眸越女①罢晨妆，荇②水荷风是旧乡。

唱尽新词欢③不见，旱云如火扑晴江④。

〔**题解**〕

据1933年7月21日《鲁迅日记》："午后为森本清八君写诗一幅云：'秦女端容弄玉筝……'又一幅云：'明眸越女罢晨妆……'"森本清八为日本住友生命保险公司上海分公司主任，但赠诗内容与森本清八并无直接关系。在日军的侵略和国民政府的统治下，中国农村经济遭到严重破坏，百姓面对自然灾害与横征暴敛等天灾人祸，不得已离家赴外地谋生，这种现象在女性身上体现得尤为明显。当时的《中央日报》曾刊文称："二十年来水灾之后，盖藏已空，继以赤旱，民不堪命；遍地饥荒，逃生无路……"此诗应是针对这一现象而发。除该诗外，鲁迅还写了《我之节烈观》《娜拉走后怎样》《祝福》《伤逝》等关注女性的作品，可以把这些作品与本诗结合起来加以理解。另外，1933年7月10日，瞿秋白曾第三次赴鲁迅寓所避难，张自强据此推测该诗是为瞿秋白而作。后该诗被收入《集外集》。

〔**注释**〕

①越女：王维《洛阳女儿行》："谁怜越女颜如玉，贫贱江

头自浣纱。"越女本指西施，这里泛指美女。

②荇：参见《莲蓬人》注释。

③欢：《通典》："江南以情人为欢。"这里当泛指亲人。

④晴江：即晴川，谓水流干涸。

〔评点〕

这首诗完全是客观描写，虽场景简单，然含蓄沉湎，寄托遥深，让读者思接千载，心游万仞，最终与诗人产生共鸣。

诗人通过"越女"的表情和动作表现其心理活动：来自越地的歌女从早晨开始自己的卖唱生活，她本应在荇草荡漾、荷花芬芳的家乡过着快乐的生活，但为生计所迫不得已背井离乡。她每天"唱尽新词"，但听唱的只有豪门显贵，哪里有自己朝思暮想的亲人呢？更令她伤心的是，"荇水荷风"的家乡早已风光不再，只有如火般的旱云笼罩着干枯了的河江。对后两句的理解是全诗的关键。"唱尽新词欢不见"借刘禹锡《踏歌词》以抒情，词曰："春江月出大堤平，堤上女郎连袂行。唱尽新词欢不见，红霞映树鹧鸪鸣。"鲁迅承袭刘禹锡清新明丽的诗风，但不为所囿，别具炉锤。他写的不再是情人幽会的场景，而是亲人的离散、故乡的受灾。末句包含多重含义，火不仅是在形容扑晴江的旱云，还可以指"越女"和诗人胸中的怒火，也可以是"四海翻腾云水怒"的革命之火。整体说来，无论是诗中的"明眸越女"，还是唱柳枝的"皓齿吴娃"，又或者侍玉樽的"严妆娇女"，她们虽情况不一，然命运相同，共同体现了诗人对下层妇女的关注和对统治者的控诉。

对此诗还存在其他几种不同的解释。比如，张自强认为这是一首思念友人之作，是鲁迅在借诗中少女抒情。瞿秋白在鲁迅居所避难期间曾赠他镜子作为礼物，所谓："佳人淡妆罢，无语倚朱栏。"是说女子对镜梳妆以慰相思，鲁迅以此表达对瞿秋白的思念之情。"荇水荷风是旧乡"是诗人借男女欢会的美好场景回忆与瞿秋白共处的珍贵时光，二人有着共同的革命志向，因而惺惺相惜。接着，诗中的少女为表达对爱人的思慕，苦苦找寻词语，直至"唱尽新词"，最终像红霞扎进江水一般投进恋人的怀抱。在张自强看来，这简直是鲁迅与瞿秋白革命友谊的真实写照。李拓之把"明眸越女"看成是鲁迅的自况，认为这首诗表达的是鲁迅身处黑暗年代对真理与光明的渴慕，"旱云如火扑晴江"就是对这种炽热情感的形容。这两种说法可供参考。

赠人二首(其二)

秦女①端容理玉筝，梁尘踊跃②夜风轻。
须臾响急冰弦③绝，但见奔星④劲有声。

〔题解〕

据1933年7月21日《鲁迅日记》："午后为森本清八君写诗一幅云："'秦女端容弄玉筝……'又一幅云：'明眸越女罢晨妆……'"诗中"理"作"弄"，"但"作"独"，"劲"作"动"。鲁迅在将该诗寄给《集外集》编辑杨霁云时曾强调："这与'越女……'那一首是一起的。"其余背景参见前作。

〔注释〕

①秦女：秦穆公女名弄玉，能吹箫作凤鸣，这里泛指陕西一带的女子。

②梁尘踊跃：形容音调激昂动人。《艺文类聚》卷四十三引《刘向别录》："汉兴以来，善歌者鲁人虞公，发声清哀，盖动梁尘。"

③冰弦：白色的弦。

④奔星：《尔雅·释天》"奔星"注："流星大而疾，曰奔。"

〔评点〕

　　这首诗风格激越，与前作在题材、主题上是联系在一起的，但笔触从江南转移到了西北，从白天转移到了黑夜，手法也略有不同。诗人没有从正面落笔，对"秦女"的个人情况未做过多交代，而是以琴声入诗，写她弹奏玉筝时的场面，重在所听。"秦女"夜晚正容弹筝，"发声清哀，盖动梁尘"。抑扬顿挫的筝音是"秦女"复杂情感的外现，这种情感饱含哀怨与抗争，使闻者伤心，听者流泪。此句既赞美了琴女的高超技艺，也写出了气氛的庄严沉重，细致生动，感人至深。下句中的"冰弦绝"可释为"筝音急骤，戛然而止"。白居易就曾用"冰泉冷色弦凝绝"描摹琵琶弹奏时的声音。筝音突然停止，四周一片寂然，仿佛能听到天上流星奔落的苍劲之声。至此，全诗进入到一种无声胜有声的境界。我们不禁联想，是什么样的遭遇让"秦女"如此动情？答案不言自明。有人对最后两句提出过不同的看法，他们把"冰弦绝"释为将弦弹断，认为弦断是人怨，是"秦女"对黑暗统治的反抗；星奔是天怒，预示腐朽政权终将消亡。

　　对该诗内容的理解存在争议。张自强认为这其实是一首怀友之作，是鲁迅对丁玲等殉难者的咏叹，按照这一说法，前两句是喻左翼作家优秀的文学创作和英勇的革命斗争，后两句是说烈士的殉难激励战友们更加奋勇地前进；李拓之把鲁迅作为主体，认为庄严、美丽的"秦女"是鲁迅革命理想的化身，认为这首诗是在反映黑暗中的革命斗争；曹礼吾甚至直接把"秦女"看成是为国民政府效力的陕西将领，该将领为蒋帮控制的报纸极力宣传，最终被红军歼灭。这些说法都可作为参考。

无　题

一枝清采①妥湘灵②，九畹③贞风④慰独醒⑤。

无奈终输萧艾⑥密，却成迁客⑦播芳馨⑧。

〔题解〕

据1933年11月27日《鲁迅日记》："午后得河内信。为土屋文明氏书一笺云：'一枝清采妥湘灵……'即作书寄山本夫人。"土屋文明，日本和歌诗人，山本初枝的老师。一生致力于诗集《万叶》的研究，并著有诗集《冬草》《往返集》等。此诗是应山本初枝之邀而作，当时正值蒋介石发动第五次反革命文化"围剿"，国民政府在"禁止出版，烧掉书籍，杀戮作家"的指令下，相继杀害了柔石、胡也频、殷夫、应修人、杨杏佛，并秘密逮捕丁玲、瞿秋白等，鲁迅也在被暗杀名单之列。鲁迅在《中国无产阶级革命文学和前驱的血》中说："统治者也知道走狗的文人不能抵挡无产阶级革命文学，于是一面禁止书报，封闭书店，颁布恶出版法，通缉著作家，一面用最末的手段，将左翼作家逮捕，拘禁，秘密处以死刑……"这首诗正是在这样一种背景下创作出来的。该诗后辑入《集外集拾遗》。

〔注释〕

①清采：色彩清丽的香花。

②妥湘灵：《尔雅·释诂》郭璞注："妥，坐也。"又清朱骏声《说文通训定声》："后人谓花落曰妥。""湘灵"参见《湘灵歌》注释。"妥湘灵"即以花投水祭献湘水女神。

③九畹：语出屈原《离骚》："余既滋兰之九畹兮，又树蕙之百亩。"王逸注："十二亩曰畹。"也有一说认为"畹"为三十亩。

④贞风：指兰花贞洁的风姿。

⑤独醒：指屈原。《楚辞·渔父》："屈原曰：'举世皆浊我独清，众人皆醉我独醒，是以见放。'"

⑥萧艾：芳草喻君子，萧艾比小人。屈原《离骚》："何昔日之芳草兮；今直为此萧艾也。"

⑦迁客：被排挤放逐之人，屈原被楚怀王放逐，因称"迁客"。

⑧播芳馨：好的作品、人格等对别人产生影响，这里指革命文艺的传播。《楚辞·九歌·湘夫人》："合百草兮实庭，建芳馨兮庑门。"又柳宗元《杨尚书寄笔》："微词只欲播芳馨。"

〔评点〕

这首无题诗据楚辞而出，句句用典，处处象征，以寓意见长，可谓"清丽芊绵，自成馨逸"。它是鲁迅旧诗中水准较高的一首，也是争议较大的一首。

周振甫、张自强等人认为，这首诗是在写瞿秋白："一枝清采妥湘灵"是说瞿秋白的才华为革命文学增色添彩，使人民感到振奋和骄傲，"九畹贞风慰独醒"是说根据地人民的战斗精神反过来又给瞿秋白很大安慰。虽然瞿秋白在特务的"围剿"下过着流亡生活（几次避难鲁迅住所），但他仍坚持战斗，播散革命文艺的芳馨。稗山在《也谈〈鲁迅旧诗笺注〉》中认为"湘灵""慰独醒"皆为鲁迅自况：前两句表达的是鲁迅深受根据地人民"贞风"的熏陶，既坚持真理，又培养后进。后两句是说鲁迅虽遭到"萧艾"通缉，命在旦夕，但仍愿为传播革命真理而奋斗。倪墨炎认为这首诗是在写革命根据地日益壮大的赤色景象："清采""九畹贞风"是对根据地人民高贵品质的讴歌和赞美，尽管反革命文化"围剿"日益加剧，但端赖人民的共同努力，无产阶级革命文艺终将芳馨远播。此外，还有释者将重心置于对"萧艾密"的解释上。他们按音译将"萧艾密"等同于远在苏联的萧三（萧爱梅），把"清采"释为鲁迅，把"九畹贞风"看成瞿秋白，并认为这首诗是诗人在与瞿秋白谈论萧三近况时有感而发。（见刘逸生《读鲁迅诗的笺注有感》；阿梅《鲁迅旧诗中的一个虚词》）

这些说法都有一定的道理，但却过于坐实，让人感觉有脱离原作之嫌。简单来说，这首诗其实是在吊慰屈原。鲁迅受山本初枝所托作此诗，在信中山本曾向鲁迅提及所养中国兰花一事，鲁迅有感于国民政府统治下革命文艺的艰难处境，由兰花的纯美馨香联想到屈原的遗世独立，以此表达对反革命文化"围剿"的愤恨，及对革命文艺工作者的期许。具体而言，"一枝清采"是以兰花指代屈原的《湘君》《湘夫人》等佳作，"妥湘灵"意为献祭湘神，首句意思是说屈原写过献祭湘神的诗。"九畹贞风"脱胎于"余既滋兰之九畹兮"，"慰独醒"即"众人皆醉我独醒"，次句是诗人对兰花清贞风姿的描述，也是对屈原人格的品评。

"无奈终输萧艾密，却成迁客播芳馨"转承上文，兰花在国内为"萧艾"所不容，暗指屈原遭奸佞离间，被楚怀王放逐异地，沦为"迁客"。最后诗人借兰花的播芳日本喻屈原作品"逸响伟辞，卓绝一世"，精神泽被后人。鲁迅写这首诗正是希望革命文艺工作者能够学习屈原，在恶劣的政治环境下排除万难，坚持斗争，为革命文艺的传播贡献自己的一份力量。

无　题

烟水^①寻常事，荒村一钓徒。
深宵沉醉起，无处觅菰蒲^②。

〔题解〕

　　据 1933 年 12 月 30 日《鲁迅日记》："又为黄振球书一幅云：'烟水寻常事……'"《鲁迅诗稿》作"酉年秋偶成"。黄振球，又名黄波拉，曾留学日本，左联成员，《现代妇女》杂志主编。1933 年 4 月 23 日《鲁迅日记》初次提及此人："黄振球女士携达夫介绍信来，未见，留字及《现代妇女》一册而去。"后鲁迅又于 5 月 7 日，12 月 17 日及 12 月 30 日相继在日记中提到她。但这首诗的内容与黄振球并无多大关系，只是应郁达夫之请题字书赠而已。在国民政府反革命文化"围剿"下，鲁迅被迫流浪，过着居无定所的生活，这首诗正反映了他当时的境遇和心情。可与《自嘲》《无题》（故乡黯黯锁玄云）等诗联系起来理解。也有人认为，这首诗是针对国民政府统治下农村经济破产，百姓穷困潦倒的惨象而发，可供参考。

〔注释〕

　　①烟水：江面雾气弥漫，如李钦叔《江梅引·赋梅花》："烟水渺三湘。"这里指代恶劣的政治环境。

②菰蒲："菰"，水生植物，它的新芽为茭白，结出的果实为菰米。"蒲"，一种可供编席的水草。《太平御览·百卉部七》引《通语》曰："诸葛亮见殷礼而叹曰：'东吴菰芦中乃有奇伟如此人。'"周振甫将"菰蒲"释为"水乡可归宿处"。

〔评点〕

　　大多数人把"烟水寻常事，荒村一钓徒"描绘成这样一幅图景：在烟水茫茫，云波浩渺的小乡村，一个不问世事的渔翁闲钓归来，优哉游哉，以终其身。按照这种解释，"点点渔灯照浪清，水烟疏碧月胧明"的隐逸诗境下，潜藏着的是诗人消极避世的人生态度。但联系"白色恐怖"的时代背景，"烟水寻常事"更像是诗人针对险恶复杂的政治环境而发，意思是说自己经历了太多的风雨，已经"履险如夷"，字里行间表露出对反革命文化"围剿"的蔑视。第二句鲁迅以钓徒自况，确实很容易让人联想到隐士。但古诗中的钓徒并非隐士的代名词，比如杜甫诗句"江湖满地一渔翁"就与隐士无关。这里诗人以钓者自比，实际是为了阐明"任凭风浪起，稳坐钓鱼船"的生活态度，并无避世之意。

　　"深宵沉醉起，无处觅菰蒲"意义丰富，饱含深情。渔人借酒消愁，深宵酒醒后茫然四顾，却没能寻觅到"菰蒲"。这里的"菰蒲"当指可供栖身的安稳居所，鲁迅身处荆天棘地的环境下，心力交瘁，甚至"时亦有意，去此危邦"，寻求安定的生活。然而这一要求在当时恶劣的政治环境下却可望不可即，这两句正是诗人此种心境的反映。

张向天认为此诗是鲁迅"刻画身世，倍极伤痛"之作，"无处觅菰蒲"是说他找不到菰米充饥。事实上，鲁迅在当时是有相当可观的版税收入的，因而此说不足为信。倪墨炎认为这首诗写的是北方水患，写的是战争烟火，最后两句描绘的是"千村薜荔人遗矢，万户萧疏鬼唱歌"的凄惨景象。这类写实性的阐释又与全诗写意化的风格不相吻合。

这首诗与鲁迅大部分旧诗风格迥然不同。诗人没有从实处落笔，而是借水墨画法入诗，通过空漠的背景与孤清的人物铺垫，营造出恬淡悠远的意境。但写意的外衣下又包裹着人物、地点、行动等实际场景。写意的部分用"隐喻"手法，以"含蓄"取胜，如"烟水"；实写的部分用"明喻"手法，以"直露"见长，如"菰蒲"。二者于对立中见统一，可谓相得益彰。在虚实结合中，读者会不自觉地与诗人、渔人融为一体，仿佛身临其境。

阻郁达夫移家杭州

钱王①登假②仍如在，伍相③随波不可寻。

平楚④日和憎健翮⑤，小山香满⑥蔽高岑。

坟坛冷落将军岳⑦，梅鹤凄凉处士林⑧。

何似举家游旷远，风波浩荡足行吟⑨。

〔题解〕

据 1933 年 12 月 30 日《鲁迅日记》："午后为映霞书四幅一律云：'钱王登遐仍如在……'"收入《集外集》时，"登遐"作"登假"，"风沙"作"风波"。此诗最初发表于 1934 年 7 月 20 日《人间世》第 8 期署名"高疆"的《今人诗话》，诗题为编者所加，但应是经过鲁迅同意的。据日记所录时间，鲁迅题赠此诗时，郁达夫已移家杭州八月有余。有人据此认为诗篇并非阻迁，而是劝郁达夫不要在杭州居住下去。但鲁迅诗稿却未署赠者何人及何年月，这里仍遵诗题，从阻迁一说，将 12 月 30 看作题赠时间，而非创作时间。映霞，即王映霞，郁达夫之妻。郁达夫，著名小说家、诗人、创造社成员，代表作有《沉沦》《银灰色的死》等。1930 年郁达夫加入中国左翼作家联盟，成为《大众文艺》的主编，遭国民政府忌恨。由于特务的围追堵截和严重的肺病，郁达夫的思想逐渐消沉，在妻子的劝说下，曾有归隐杭州的打算。期间他的很多诗作都表露过这种心情，如 1932 年所作《访风木庵等名胜偶感寄映霞》：

> 一带溪山曲又弯，秦亭回望更清闲。
> 沿途都是灵官殿，合共君来隐此间。

后来他又写了《登南高峰》《过岳坟有感》《醉宿杏花村》等诗表达自己对杭州生活的向往。直到 1933 年清明时节，郁达夫终于实现了迁居杭州的夙愿，并作《迁杭州有感》一诗感怀：

> 冷雨埋春四月初，归来饱食故乡鱼。
> 范雎书术成奇辱，王霸妻儿爱索居。
> 伤乱久嫌文字狱，偷安新学武陵渔。
> 商量柴米安排定，妥向湖塍试鹿车。

鲁迅得此消息后，表现出的是与郁达夫截然相反的态度，他在 7 月 20 日的《伪自由书·后记》里说："西湖是诗人避暑之地，牯岭乃阔佬消夏之区，神往尚且不敢，而况身游。"鲁迅很清楚地意识到国民政府统治下的中国，各地不会有本质区别，想避免迫害，除非停止战斗。而且杭州的情形甚至比上海有过之而无不及，他的一些著作在上海没被查禁的，"一到杭州，即遭扣检"。他在致信章廷谦时曾说："其实浙江是只能如此的，不能有更好之事，我从钱武肃王的时代起，就灰心了。"因而当他得知郁达夫有移居杭州之意时，便苦口婆心地写诗进行劝说。事实证明，郁达夫的选择确实没能给他带来安稳的生活，1938 年他在《回忆鲁迅》中沉痛地写道："这诗的意思，他曾同我说过，指的是杭州党政诸人的无理高压……我因不听他的忠告，终于搬到杭州去住了，结果不出他之所料，被一位党部的先生弄得家破人亡。"

〔注释〕

①钱王：钱镠，五代时临安（杭州）人。据地称吴越国王，以暴虐著称。［宋］郑文宝《江表志》记载："两浙钱氏，偏霸一方，急征苛惨，科赋凡欠一斗者多至徒罪。徐场尝使越，云：'三更已闻獐麂号叫达曙，问于驿吏，乃县司征科也。乡民多赤体，有被葛褐者，都用竹篾系腰间，执事非刻理不可，虽贫者亦家累千金。'"除此诗外，鲁迅1933年10月12日所写《谣言世家》亦关涉此人。

②登假：通"登遐"，指帝王之死。《礼记·曲礼》："告丧。曰，天王登假。"汉朝郑玄注："登，上也；假，已也；上已者，若仙去云耳。"

③伍相：春秋时楚国的伍子胥。据《史记·伍子胥传》，伍子胥助吴伐楚，屡建奇功。后吴越交兵，他忠言直谏，希望夫差趁机灭越，以绝后患。夫差不仅不听劝说，反而听信谗言，赐剑让他自刎，并投尸江中。后世有许多关于伍子胥的传说，如《越绝书·德序外传记》《吴越春秋·夫差内传》等都有相关记载，民间甚至有传言称潮水来时，可以看见伍子胥驾素车白马立于潮头之上。另，郁达夫《杭州的八月》中也有关于"钱王""伍相"的记载。

④平楚：《尔雅·释言》："大野曰平。"《说文》："楚，丛木，一名荆也。""平楚"即平野，意为长有树木的平

原。如谢朓《宣城境内望远》："寒城一以眺，平楚正苍然。"

⑤健翮："翮"指羽毛，又指鸟类。《史记正义》："羽翮，鸟也。""健翮"即为鹰隼之类的猛禽。

⑥小山香满：刘安《招隐士》："桂树丛生兮山之幽。"这里是说杭州孤山桂树之多。

⑦将军岳：岳飞，字鹏举，南宋著名抗金将领。他一生壮怀激烈，为雪靖康之耻，他誓死尽忠，却遭奸相秦桧杀害。其墓在杭州西湖旁，称岳坟。

⑧处士林：即宋代诗人林逋。林逋字君复，号和靖，自谓"梅妻鹤子"，他一生结庐孤山，以孤高性情名世。杭州西湖现留有他的坟墓。

⑨行吟：《楚辞·渔父》："屈原既放，游于江潭，行吟泽畔。"

〔评点〕

这首诗表面看是单纯探讨"移家"的问题，实则隐藏的是革命文艺工作者如何选择人生道路的问题。首联以郁达夫《杭州的八月》起兴，借历史观照现实，揭示了杭州政治环境的险恶。"钱王登假仍如在"，用钱镠典故表达对国民党浙江党部残暴统治的愤恨。钱镠统治吴越时期"偏霸一方，急征苛惨"，致使民不聊生。钱王虽然去世了，但他残暴的统治仍宰制着杭州。"伍相随波不可寻"，语意苍凉，饱含无尽辛酸。伍子胥正直爱国，受人民爱戴，反遭吴王夫差杀害，投尸江中。传说他化为复仇的江涛之神，常"乘素车白马在潮头"，但尸流逐波，终不可寻。两个典故虽在历史上并无关联，但都发生在吴越之地，而且前后呈现出一种因果关系：正因为统治者的残暴，忠良才会遇害。鲁迅由亲身经历出发，以史为镜，告诫郁达夫不要对国民政府统治下的杭州心存幻想。

颔联争议极大，张向天、倪墨炎、周振甫等人对此都有不同的解释。事实上，此联是针对杭州的自然状况而发。大意为：平楚苍然、风和日丽的环境虽然美好，但却容易消磨鹰隼的斗志，在桂香四溢的小山环绕下，即使挺拔巍峨的高山，也会雄姿渐失。杭州素来被称为"天下绝景""人间蓬莱"，郁达夫甚至认为它是"一帖清凉的妙药"。但在鲁迅看来，这种安逸的环境只会让人精神萎靡，意志消沉，很快忘记战斗的使命。

颈联从郁达夫的思想状况出发，对他作进一步劝说。郁达夫曾于1933年替国民政府杭州铁路局通车做宣传，与一些反动官僚政客往来，逐渐失去政治抵抗力。期间他还遍游浙江名胜，并赋诗《醉宿杏花村》以抒怀："十月清阴水拍天，湖山虽好未容颠。但凭极贱杭州酒，烂醉西泠岳墓前。"诗中提到岳坟和林逋隐居之地西泠，流露出了对杭州的眷恋之情，"极贱""烂醉"还从侧面反映出郁达夫思想的萎靡和消沉。鲁迅借此生发开去，告诫郁达夫："白色恐怖"下的杭州，行人寥寥，岳坟和西泠等胜景也都满目荒凉，无人问津。可见较之上海，杭州暴政尤甚，决非他理想中的世外桃源。此外，鲁迅选择岳飞与林逋入诗，还当另有深意。二人一者入世，一者出世；一为忠臣，一为隐士，但却文不得崇，武不得宣。可见，郁达夫在杭州无论是选择做忠臣还是隐士，命运都将是悲惨的。

"何似举家游旷远，风波浩荡行足吟。"从字面到内容都紧承上三联，是全诗的中心。意思是说郁达夫与其归隐杭州，还不如到更广阔的天地里去，投身于革命斗争的洪流。关于"旷远"，锡金认为是指天地广大，无甚特别寓意，从此说。此外，还有徐重庆的"苏联"说，张恩和的"北方"说，陈梦韶的"解放区"说，稗山的"根据地"说，孙席珍的"人民中间"说，吴海发的"抗日战争"说等。可惜的是，郁达夫没能听从鲁迅的劝告，仍然坚持"但求饭饱牛衣暖，苟活人间再十年"的生活态度，并深信避居杭州能够脱离危险。但"鸣鸠已占凤凰巢"的事实最终让他追悔莫及：在国民党浙江省党部许绍棣的迫害下，他有家不能回，连苟活的权利也被剥夺了。

这首诗从不同的角度论证移家杭州的不合适。四联分别从政治、自然环境、人事等不同角度言之，"不言阻而阻意自现"。在情感上，诗人动之以情，晓之以理，真挚委婉，情见乎词，有着极强的感染力。在布局上，诗作虽篇什短小，但颇具楚辞宏伟气势，诗人以重驭轻，由远及近，以小见大，"可谓尺幅中具寻丈之势也"。在具体手法上，鲁迅设譬作喻，以古论今，并以对比、用典贯穿全诗，"钱王"和"伍相"，"平楚"和"健翮"，"小山"和"高岑"等互为对立又相互勾连，词意无穷，耐人寻味。

报载患脑炎戏作

横眉岂夺蛾眉^①冶^②，不料仍违众女^③心。

诅咒而今翻异样，无如臣^④脑故如冰。

〔题解〕

  据 1934 年 3 月 16 日《鲁迅日记》："闻天津《大公报》记我患脑炎，戏作一绝寄静农云："'横眉岂夺蛾眉冶……'"又《鲁迅诗稿》："三月十五日夜闻谣戏作，以博静兄一粲。旅隼。"旅隼为鲁迅谐音，是以健壮苍鹰自喻。关于本诗创作背景，1934年 3 月 10 日天津《大公报·文化情报》载："据最近本月初日本《盛京时报》上海通讯，谓蛰居上海之鲁迅氏，在客观环境中无发表著述自由，近又忽患脑病，时时作痛，并感到一种不适。经延医证实确系脑病，为重性脑膜炎。当时医生嘱鲁十年（？）不准用脑从事著作，意即停笔十年，否则脑子绝对不能用，完全无治云。"鲁迅得此消息后，于 1934 年 3 月 15 日致信姚克时说："顷接十日函，始知天津报上，谓我已生脑炎，致使吾友惊扰，可谓恶作剧；上海小报，则但云我已遁香港，尚未如斯之甚也。其实我脑既未炎，亦未生他病，顽健仍如往日。假使真患此症，则非死即残废，岂辍笔十年所能了事哉。此谣盖文氓所为，由此亦可见此辈之无聊之至，诸希释念为幸。"3 月 24 日又补充道：

"关于我的大脑的谣言，顷始知出于奉天之《盛京时报》，而所根据则为'上海函'，然则仍是此地之文氓所为。此辈心凶笔弱，不能文战，便大施诬陷与中伤，又无效，于是就诅咒，真如三姑六婆，可鄙亦可恶也。"

〔注释〕

①蛾眉：《诗经·卫风·硕人》："螓首蛾眉，巧笑倩兮，美目盼兮。"古时把女子细而弯的眉毛称作"蛾眉"。这里指文痞流氓。

②冶：美艳。《易·系辞》："冶容诲淫。"

③众女：指奸佞小人。屈原《离骚》："众女嫉余之蛾眉兮，谣诼谓余以善淫。"

④臣："臣"原本是封建官员面对上级时的称谓，鲁迅以古为今，是为戏称。据说在鲁迅亲写的条幅上，还特意将"臣"小写，竖行偏右，可见别有深意。

〔评点〕

屈原在《离骚》中曾以"众女嫉余之蛾眉兮，谣诼谓余以善淫"来形容自己的处境。"众女"嫉妒"蛾眉"的美艳，怕"蛾眉"夺取君王对她们的宠爱，因而恶语中伤，谓其"善淫"。这里的"蛾眉"指代美好的德行，也是屈原的自况。"横眉岂夺蛾眉冶"反其意而用之，以"蛾眉"喻奴颜媚态的文氓，以"横眉"自喻，直言自己不会与"巧笑倩兮，美目盼兮"的"蛾眉"们夺"冶"争宠。"不料仍违众女心"是说没有料到还是触犯了他们。"不料"欲擒故纵，涉笔成趣，仍以反语出之。因为鲁迅深知自己的很多举动触犯了统治阶级的利益，是一定会为造谣成性者落下口实的。在此之前，他们就曾几次三番污蔑、中伤鲁迅，称其为"汉奸""小丑""封建余孽"等，鲁迅都给予了有力的回击，真是犀角烛怪，妖孽难藏。

然而令鲁迅始料不及的是，这次他们居然诅咒自己患上脑炎。这一看似花样翻新、实则无聊透顶的谣言，在鲁迅看来不过是"畜类的武器，鬼蜮的手段"，是文氓们"最末的道路"。鲁迅愤而安之，"细嚼黄连而不皱眉"，告诫文痞流氓，"其实我头脑冷静，健康如常"。末句所用"臣"字语含讽刺，用笔辛辣，它一方面点出了国民政府与御用文氓之间的主仆关系；另一方面暗示自己仍处在专制统治的时代，毫无人身权利可言。

鲁迅"嬉笑怒骂，皆成文章"，这首诗虽言戏作，但在艺术上却极为讲究。其一，极重炼字。如"岂"字表现出诗人对文氓的不屑，"冶"字将御用文氓千娇百媚、曲意承欢的丑态刻画得淋漓尽致，"不料""臣"等字词的使用更是别出心裁。其二，活用典故。"蛾眉""众女"等词均出自《离骚》，但诗人不为原作所拘囿，自赋新意，使之为自己所要表达的思想服务。其三，独特的诗韵。许寿裳谓其"解放诗韵，蒸侵同叶，可谓革新，也可谓复古……"。

无　题

万家墨面①没蒿莱②，敢有歌吟动地哀③。

心事浩茫连广宇，于无声④处听惊雷。

〔题解〕

　　据1934年5月30日《鲁迅日记》："午后为新居格君书一幅云：'万家墨面没蒿莱……'"新居格是日本作家、文艺批评家，曾任《读卖新闻》《朝日新闻》记者。1934年，他赴中国旅行，相继与周作人、鲁迅结识。毛泽东1961年10月7日将此诗书赠日本访华朋友时曾说："这一首诗，是鲁迅在中国黎明前最黑暗的年代里写的。"

　　该诗创作时期，日本已在东北建立伪满洲国，形势危急。但国民政府却仍然坚持"攘外必先安内"，出动一百多万军队、两百多架飞机，针对红色根据地发动了第五次反革命"围剿"。除了对内发动战争外，国民政府还与日本签订了丧权辱国的《塘沽协定》，将领土主权拱手让人。

　　关于该诗的创作意图，郭沫若在《翻译鲁迅的诗》中说："当时的中国在三座大山的压迫之下，民不聊生，在苦难中正在酝酿着解放运动；（鲁迅）希望来访的客人不要以为'无声的中国'真正没有声音。"从事中国文学研究的岛田正雄也说："鲁迅当时虽然生活在白色恐怖笼罩下的国民党反动派统治区，但他胸有全局……鲁迅深信中国革命的胜利，深信人民斗争的惊雷一定会砸碎旧世界。"

〔注释〕

①墨面：《孟子·滕文公》："歠粥，面深墨。"又《淮南子·览冥训》："美人挚首墨面而不容。"此外，鲁迅《破恶声论》中也出现过"墨面"。这里是形容暴政下人民的现状。

②蒿莱：野草。〔汉〕韩婴《韩诗外传》："原宪居鲁，环堵之室，茨以蒿莱。"

③敢有歌吟动地哀：化用李商隐《瑶池》诗："瑶池阿母绮窗开，黄竹歌声动地哀。"《穆天子传》卷五载："丙辰，天子游黄台之丘，猎于苹泽，有阴雨，天子乃休。日中大寒，北风雨雪，有冻人，天子作诗三章以哀民……"

④无声：《庄子·天地》："视乎冥冥，听乎无声。"这里指高压政策下人民没有言论自由。

〔评点〕

这首诗是革命现实主义与革命浪漫主义相结合的典范，也是鲁迅后期诗作中知名度最高的一首。首句与"故乡黯淡锁玄云""如磐夜气压重楼"相似，描写的都是同一时代的同一种气氛。在日军侵略区和国民党统治区，千千万万被压迫的穷困人民生活在饥寒交迫中，他们蓬头垢面，形容枯槁。无数人流离失所，埋没老死于荒野草泽之间。对"敢有歌吟动地哀"的解释历来存在争议，有人说"歌吟"的主语是诗人自己。张恩和就认为，周穆王曾为哀悼人民而作《黄竹歌》，鲁迅这里正是效仿周穆王，想用诗歌唱出人民的痛苦。也有人说主语是首句的"万家",即广大人民。如沈尹默在《也谈毛主席书赠日本朋友的鲁迅诗》中就认为:"鲁迅是精熟古典文学的,他所用的'动地哀'三字,是出自李商隐《瑶池》诗'黄竹歌声动地哀',所以他这里也沿袭用'歌吟'二字,是说人民的哀吟,而不是诗人的歌咏。"两种观点都有一定的合理之处,但何不把"歌吟"的主体看成是包含诗人在内的人民?鲁迅向来与人民同呼吸、共命运,而且都共同遭受着统治者的迫害,自然没有将二者截然分开的必要。对"敢有"的解释也存在分歧。一说是"敢于",如吴奔星、王尔龄、张恩和;一说是"岂敢",如臧克家、张向天、周振甫。这里从后一种说法。整句大意为:在国民政府的"围剿"下,人民群众只有将痛苦强压心底,不敢作声。其实诗人并非真的在表达"不敢"之意,他只是以反语言说政治环境的恶劣,并寄以愤激、沉痛的心情。

后两句是诗人个人情感的抒发。"心事浩茫连广宇"真可谓天上地下,四荒八极。鲁迅着一"连"字将自己的命运与天下苍生融为一体,体现出一个人道主义者的大气魄和大关怀。"于无声处听惊雷"中的"无声"与第二句相呼应,它本于道家"听乎无声"的虚妄之说,这里指代毫无言论自由的政治现状。诗人透过现象看到本质,在末句得出结论:政治压榨下的沉默是表面的,因为这沉默中正孕育着惊心动魄的反抗力量,革命风暴终将来临!

这首诗的风格与老杜之沉郁相似,而忧愉异趣。前两句是以揭露和控诉为主的写实。诗人蓄势待发而又不发,情感内敛于冷静的描写中,不事渲染,极写无声。后两句是以期待与歌颂为主的所思所感。其中，第三句跌宕起伏，蓄积千钧之力；末句以有声出之，如磅礴的瀑布冲激而下。诗人的情感就在这一动一静中被表现出来了。佛雏在《于无声处听惊雷》中谓该诗："寓极壮于极哀；假师旷之'清角'，激庶民之'雄风'；外示冰谷，内郁火山……它使得每一个有志革命的人都为之惊喜、竦听、激扬、感发。"信哉斯言！

秋夜偶成

绮罗①幕后送飞光②，柏栗③丛边作道场④。
望帝⑤终教芳草变⑥，迷阳⑦聊饰大田荒。
何来酪果供千佛，难得莲花似六郎⑧。
中夜鸡鸣⑨风雨集，起然烟卷觉新凉。

〔题解〕

据1934年9月29日《鲁迅日记》："午后……又为梓生书一幅，云：'绮罗幕后送飞光……'"跋语云："秋夜偶成录应梓生先生教。"大部分人都认为日记所录时间即为这首诗的创作时间，张向天等考证得出具体创作时间为是年9月15日。梓生，即张梓生，是鲁迅的多年好友和同乡，曾主编《申报》副刊《自由谈》。张梓生任职期间，曾多次向鲁迅约稿。鲁迅的赠诗，有的内容与赠者相关，有的却毫无联系，这首诗应该属于后一种。当时的国民政府一方面大肆推行反革命军事、文化围剿，一方面又惺惺作态，装出一副悲天悯人的样子。比如，1934年4月28日，国民政府就在杭州举行"时轮金刚法会"，想通过佛力挽救中国的危难，借此掩饰其罪行。由于旱灾严重，国民政府还于1934年7月请班禅、安钦等在南京汤山等地设坛祈雨，伪装慈善。在这种情况下，民众怨声载道，文艺界更是苦不堪言。但与此同时，鲁迅也预见了统治当局的未来，因而在秋夜作此诗以寄情。另外，为加深对这首诗的理解，还可参考鲁迅《花边文学·法会和歌剧》《且介亭杂文·中国人失掉自信了吗》等杂文。

〔注释〕

①绮罗：参见《无题二首（大江日夜向东流）》

②飞光：指时间流逝之快。李贺《苦昼短》："飞光飞光，劝尔一杯酒。"

③柏栗：指代刑场。《论语·八佾》："哀公问社于宰我，宰我对曰：'夏后氏以松，殷人以柏，周人以栗。曰，使民战栗。'"周代用来祭祀土地神的树木为栗，意思是要使人民战栗。又《书经·甘誓》："弗用命戮于社。"此外，倪墨炎认为"柏栗丛"是指"树丛荒野之地"，但这一解释似乎与时代背景相脱离。

④作道场：礼神拜佛。此外，张向天认为是指秘密的牢狱；倪墨炎认为是指统治者杀害革命者的行为；这些说法都缺乏证明。

⑤望帝：《寰宇记》："蜀王杜宇，号望帝。后因禅位，自亡去，化为子规。"子规，即杜鹃鸟。又屈原《离骚》："恐鹈鴃之先鸣兮，使夫百草为之不芳。"

⑥芳草变：屈原《离骚》："兰芷变而不芳兮，荃蕙化而为茅。"指文艺界横遭摧残的景象。

⑦迷阳：参见《进兮歌》"注释"。这里是指御用文人的文艺创作。此外，倪墨炎认为是指鲁迅和战友创作的革命作品，张恩和认为是指鲁迅的《野草》等"有刺"的杂文，但鲁迅向来把革命文艺称作花树，也没有称自己作品"迷

阳"的习惯，因而这两种说法都不足取。

⑧莲花似六郎：《新唐书·杨再思传》记载了天朝宰臣杨再思的谄媚事迹："张昌宗以姿貌见宠幸，再思谀之曰：'人言六郎似莲花，非也，正谓莲花似六郎耳。'"

⑨鸡鸣：《诗经·郑风·风雨》："风雨如晦，鸡鸣不已。既见君子，云胡不喜。"

〔**评点**〕

这是鲁迅全部旧诗中最难解释的一首。最初的观点认为，这是专为张梓生青年时期在富家教馆中一段恋爱故事戏作。张梓生本人否定了这一观点，理由是鲁迅向来让他"感到亲切中有严肃"，因而不至于将他"莫名其妙的轶事"写入诗中（1954年张梓生给出版部门的信，转引自倪墨炎）。后来曹礼吾等人把它看成是诗人对《自由谈》副刊尖锐而委婉的批判，但这种将内容与受赠者强行靠拢的"索隐"式研究又有穿凿附会之嫌。此外，冯伯恒在《试释鲁迅〈秋夜偶成〉诗》中认为，这是讽刺国民政府"文化围剿"的惨败；黄鸣歧《鲁迅的诗》则认为是在悼念死去的革命烈士，还有部分人认为它只是诗人面对旱灾有感而发……这些说法都有一定道理，但当事人张梓生把它解释为"是鲁迅对当时文坛景况的抒怀之作"。

首句是说统治者在醉生梦死中虚度光阴。"绮罗"与"六代绮罗成旧梦"用法相同，"幕后"有被遮蔽的意思，这里是指私生活。"柏栗丛边作道场"是说统治者在刽子手与布施者之间转换，他们一方面残酷屠杀人民，一方面又求神拜佛，伪装慈善。

"望帝终教芳草变"，紧承上联，揭露反革命文化"围剿"的严酷性。"望帝"当为一语双关。其本意为"蜀王杜宇",他生性残暴,这里用以指代文坛暴虐的统治者;蜀王死后化为杜鹃,杜鹃暮春啼血,正值百花萎谢、芳草凋零的时节,暗喻恶劣的政治环境。"芳草变"承"望帝"而出,源自《离骚》"兰芷变而不芳兮",意同"椒焚桂折"。整句是说革命文艺受到了严重的摧残,这种摧残是包括革命作家被害,作家变节,作品被禁等现象在内的,不应拘泥于单一的解释。"迷阳聊饰大田荒"是说御用文人的创作如遍地"迷阳",毫无价值,甚至"他们的善于'解放'的名誉,都比'创作'要大得多。"(《黑暗中国的文艺现状》)国民政府黔驴技穷,只有以恶草荆棘对荒芜的文艺园地聊作装饰。

对"何来酪果供千佛,难得莲花似六郎"的解释存在几种分歧较大的看法。倪墨炎认为是在讽刺御用文人的无能,即使像"六郎"那样水平的人物也很难得;张恩和则认为是鲁迅在阐明自己的立场,说自己绝不会像张昌宗那样去阿谀统治者;吴奔星则认为是在表现反动当局的孤立和人民的觉醒……结合时代背景,国民政府同年曾在杭州召开"时轮金刚法会",并趁机募集巨款。前半句应是借此揭示他们横征暴敛的本质。后半句是对统治者极端孤立境况的讽刺,说他们想网罗像"六郎"那样专事阿谀的小人都变得难上加难。"何来"与"难得"共同说明了统治当局的日暮穷途。

尾联首句是对"风雨如晦,鸡鸣不已"的化用,"中夜""风雨"均指恶劣的政治环境,"鸡鸣"暗指黎明将至。"起然烟卷觉新凉"是表现诗人秋夜把笔临窗的感觉,流露出他在恶劣政治环境中的复杂心情。那种把它解释为"诗人点起一支烟在新凉的秋夜里继续着战斗"的说法（如倪墨炎、张恩和、吴奔星等）显然陷入了以典代诗的圈套。

这首诗兴旨渊微，构思巧妙，前三联从不同方面对统治者进行批判，尾联以自身感受作结，而且每联都在"秋"字上做足功夫，紧扣诗题。它虽为战斗性的诗作，却仍清词丽句，实属佳作。弊端在于，诗人化用太多典故，致使整首诗晦涩难懂，不易理解。

题《芥子园画谱》三集赠许广平

十年携手共艰危，以沫相濡①亦可哀。

聊借画图怡倦眼，此中甘苦两心知。

〔题解〕

　　这首诗作于1934年12月9日，首次发表于1968年北京大学《文化批判》第2期，诗作原无标题、标点。诗题是1976年9月在《诗刊》发表时编者所加。《芥子园画谱》是清代王概、王蓍、王臬三兄弟编著的中国画技法图谱，因刻于李渔的别墅"芥子园"而得名。三集分别为：山水谱，兰竹梅菊四谱，花卉草虫及禽鸟两谱。鲁迅曾购得此书以供消闲，这首诗即题在《芥子园画谱·三集》首册的扉页上。作为鲁迅夫人兼战友的许广平，从1925年女师大风潮起便与他并肩战斗，直到鲁迅去世。许广平曾写过《说明几句》，对我们深入理解此诗至关重要。全文如下：

　　　　鲁迅赠我的书，常常简单写下几个字，《芥子园画谱集》亦类此。这是我记得的。但藏书不在一地，或世事匆忙，就搁置起来了。在1949年上海解放后，我由京回到上海，经一月之久，把在上海住了十多年的家分为四分：一部分什物存在鲁迅纪念馆，一部分鲁迅藏书捐给北京鲁迅博物馆，一部分《鲁迅全集》出版社的存书、纸版等转到有关单位处理，一部分自己书籍等，凡是鲁迅逝世后的私人物品归回自己保存。那些书交回我手时，另因工作关系，也从未打开一视。昨偶检藏书，却在《芥子园画谱·三集》首册内，赫然见此旧诗，触景生情，追忆几句；所说"戌年"，乃1934年。购得此书，共同批览之下，因彼此都爱好书画，即蒙鲁迅见赠，并题字纪念，岁月不居，忽然已隔三十年之久了。诗中有云"十年携手"则是指从1925年到1934年，是指我在女师大读书和他通信（见《两地书》）时算起。但就在这时期中，鲁迅从北京到厦门、广州，最后定居上海，正是大时代动荡的十年，也是鲁迅后半期工作最多的十年。因时常处在"围剿"的景况中，革命者的心情，是体会得到的：世事抑郁，时萦心怀，偶听佳音，辄加兴奋，故有"甘苦相知"的话。其实每见他遇有障碍，难免感叹时兴，不能自解，则惧影响前进，无非随时随地，略尽其分忧、慰藉之忱，或共话喜悦，相与一笑，俾滋鼓舞之意。而鲁迅却说"两心知"，则大有"相率而授命"的含义，却是深知我的性格者的话，作为一个革命者的胸怀，体会是无微不至的。这虽说明了当时被压迫人民的悲愤心情，但也表现了鲁迅作为革命者在压力和曲折下，仍不忘借画谱怡悦心情的一面。追忆往事，不禁抚然。

〔注释〕

①以沫相濡：《庄子·大宗师》："泉涸，鱼相与处于陆，相呴以湿，相濡以沫，不若相忘于江湖。"指在极端困难的条件下互相帮助。

〔评点〕

鲁迅与许广平顶着各种压力走到了一起，这首诗正是对他们十年来丰富而复杂生活的写照，在情感上是与一般赠答友人的诗作截然不同的。

首句是对他们十年来"曾共患难，相助既久，恝置遂难"（1931年3月6日，鲁迅致李秉中信）生活的客观概括。鲁迅对许广平"提携体贴，抚盲督注"；许广平也愿为鲁迅"尽其分忧，慰藉之忱"。二人在刀光剑影、腥风血雨中相互搀扶，共同经历了"三一八"惨案、"四一五"反革命大屠杀、"九一八"事变、"一·二八"淞沪会战等，是名副其实的患难夫妻。第二句化用《庄子》典故："泉涸，鱼相与处于陆"，鱼儿为求生存而"相濡以沫"。此句侧重表现他们的情感历程，既有美好幸福的感觉，也有因生活挣扎所产生的悲哀，言语中饱含对统治者的愤慨与控诉。第三句是对许广平的劝慰亦是诗人自勉，"韧"性的战斗精神闪耀于字里行间。他们希望自己能在战斗间歇稍事休息，从画谱中寻找一点安慰。因为在鲁迅看来，这种愉快和放松"是劳作和战斗之前的准备"，并非毫无意义。第四句朴素平易，亲切感人。"甘"即许广平所谓的"偶听佳音"，"苦"即"世事抑郁"。"两心知"是指遇到苦难，二人能"共话喜悦，相与一笑，俾滋鼓舞"。二人为革命"相率而授命"，此中真意，欲诉难言。

这首诗每句都出自诗人肺腑，没有丝毫的伪饰，可谓情深意切，真挚动人。诗人用白描手法，将重大的题材融于轻松的笔调中，清新自然，恍若口占，给人以余韵绵长之感。

亥年残秋偶作

曾惊秋肃①临天下，敢遣春温上笔端②。

尘海③苍茫沉百感，金风④萧瑟走千官⑤。

老归大泽菰蒲⑥尽，梦坠空云齿发寒。

竦听⑦荒鸡⑧偏阒寂，起看星斗正阑干⑨。

〔题解〕

据1935年12月5日《鲁迅日记》："午后……为季市书一小幅，云：'曾惊秋肃临天下……'"《鲁迅诗稿》诗后题："亥年残秋偶作录应季市吾兄教正。"这首诗最初见于1936年12月19日许寿裳的《怀旧》，他在文中补充道："去年我准备了一些宣纸，请他（鲁迅）写些旧诗，不拘文言或白话，到了今年七月一日，我们见面。他说去年的纸，已经写就，时正卧病在床，便命许广平检出给我，是一首《亥年残秋偶作》……"初无标题，辑入《集外集拾遗》时命诗题为"亥年残秋偶作"。

1935年的中国，民族危机已空前加深。日军不仅占领察哈尔，逼近山海关，还着手建立汉奸政权，企图操控全中国。在这种情况下，国民政府非但推行不抵抗政策，还与日军签订了丧权辱国的《何梅协定》，迫使华北几十万驻军和河北数千党政官员南撤。与此同时，蒋介石通过《中日关系的回转》宣称："在东亚和平的大理想之下，考虑日本的利益，做相当的妥协让步不一定不可能。"国民政府的不抵抗政策让鲁迅痛心疾首，但黑暗只是暂时的。1935年1月，中共召开遵义会议，结束了王明"左"倾机会主义路线的统治，确立毛泽东在全党的领导地位。1936年10月，中国工农红军完成了两万五千里长征，粉碎了敌人的"围剿"。鲁迅致电表示祝贺："在你们身上，寄托着人类和中国的未来。"这首诗正是在这一背景下创作完成的。

〔注释〕

①秋肃：以天气喻恶劣的政治环境。《礼记·月令》："孟秋之月……天气始肃。"又鲁迅《摩罗诗力说》："人有读古国文化史者，循代而下，至于卷末，必凄以有所觉，如脱春温而入于秋肃。"

②上笔端：诉诸笔端。陆机《文赋》："笼天地于形内，挫万物于笔端。"

③尘海：指人世间。

④金风：古时以五行解释四季变化，"金风"对应秋风。〔梁〕萧纲《夷则七月启》："金风晓振，偏伤征客之心。"

⑤走千官：《荀子·正论》："古者天子千官，诸侯百官。"这是指国民党与日军签订《何梅协定》，迫使华北几十万驻军和河北数千党政官员南撤。

⑥菰蒲：参见《无题（烟水寻常事）》注释。

⑦竦听：肃然静听。竦，恭敬。

⑧荒鸡：指不按时打鸣的鸡。〔清〕周亮工《书影》卷四："古以三鼓前鸡鸣为荒鸡。"又《晋书·祖逖传》："逖与司空刘琨，共被同寝，中夜闻荒鸡鸣，蹴琨觉曰：'此非恶

声也。'因起舞。"

⑨阑干：古乐府《善哉行》："月没参横，北斗阑干。"北斗
星横斜，说明即将破晓。

〔评点〕

这是鲁迅的最后一首旧诗，许寿裳对它有着很高的评价：
"此诗哀民生之憔悴，状心事之浩茫，感慨百端，俯视一切，栖
身无地，苦斗益坚，于悲凉孤寂之中，寓熹微之希望焉。"

首联一个"曾"字将人们的视野引向过去，对日军侵华以来
的国内形势进行了概括。国家"如脱春温而入于秋肃"，惠风韶
光、温煦明媚的景象早已荡然无存。"敢遣"与"敢有歌吟动地
哀"句法相似，用反语表情，以"岂敢"释之。"敢遣春温上笔
端"是说国家由盛而衰，濒临末世，哪里还敢将春日的温暖诉诸
笔端呢？颔联视角由过去转到现在。诗人处在苦海般的尘世间，
对国家前途和人民命运深表忧虑，不禁有"尘海苍茫沉百感"的
感慨。"金风萧瑟走千官"是诗人对当局丑态的揭露。1935
年，国民政府与日军签订《何梅协定》，迫使华北国民党驻军和
官员南逃，其势有如秋风扫落叶，"专车队队前门站"的情景恍
然目前。

颈联进一步抒发个人感受。"老归大泽菰蒲尽"是说自己在
腥风血雨的环境中已无容身之地，它是鲁迅的自叹，却有普遍意
义。对"梦坠空云齿发寒"的解释历来众说纷纭。曹礼吾认为，
"梦坠空云"即"所谓梦想坠入空虚之云气中，未能实现，殆指
革命民主思想而言"。他对"齿发寒"的解释是"心寒之外现
也"。鲁迅一直渴望百姓能够生活在民主自由的国度，然而现实

却四野皆荒，死而无葬，俨然人间地狱。这怎能不让人心寒呢？"竦听荒鸡偏阒寂"借用祖逖"闻鸡起舞"的典故抒情。诗人害怕国将不国，警觉地想要听到鸡鸣破晓的声音，却感到四周一片死寂。于是他起身夜行，发现"月没参横，北斗阑干"，那是天将破晓的征兆！全诗至最后一句由愤慨、忧虑转为期待，虽长夜阑珊，然曙光欲照，旭日终将东升。

这首诗虽作于"残秋"，"但神韵飞动，大声镗鞳，大反骚人墨客的旧调，荡尽悲秋之气，具有强烈而微妙的感人力量"（郑心伶语）。此外，它充分利用律诗讲究对仗的特点，音节和谐自然，毫无斧凿痕迹。在格调上又兼"柳暗花明又一村"的自然与明快，读来令人豁然开朗。